# Spion

## Een roman uit de
## Tweede Wereldoorlog

# RICHARD G. HOLE

Spion
Een roman uit de Tweede Wereldoorlog


1

Richard G. Hole

Tweede Wereldoorlog

# SAMENVATTING

In de vroege ochtend van 1 september begonnen de luidsprekers van de verschillende eenheden van de kazerne te loeien.

Ze hieven allemaal hun hoofd op, geschrokken.

De omroeper kondigde aan dat de Duitse Führer zijn volk zou toespreken.

En toen hoorden ze het nieuws.

Het Duitse leger negeerde zijn ultimatum en was net de Poolse grens overgestoken.

**Spion** is een verhaal dat behoort tot de collectie van de Tweede Wereldoorlog, een reeks oorlogsromans ontwikkeld in de Tweede Wereldoorlog

# SPION

De bar was een van de vele zoals te vinden in Soho. Een onopvallende plek, bezocht door dubieuze mensen en onderworpen aan frequente zoekacties door de politie. Op dat moment, half vijf op een bewolkte en nog wat koude lentemiddag, was het bijna leeg. Pas wat later, na de thee, zouden de stamgasten arriveren.

De man ging de bar binnen, leunde over de toonbank en bestelde whisky. De herbergier serveerde het terloops en de man dronk het in kleine slokjes terwijl hij om zich heen keek. Er waren slechts drie mensen in de plaats, behalve hij, en niemand leek degene die hij zocht.

Rond zes uur kwamen de klanten binnen. Ze bestelden hun drankjes en consumeerden ze met dorstige snelheid. Het was rond tien over zes toen iemand de man naderde en naast hem ging staan.

"Bier" vroeg hij. Toen wendde hij zich tot de ander.

'Goedenacht. Je kent me niet, maar ik wel.

'Ben jij degene die me belde?

"Ja.

Hij sprak met een lage stem. Hij was van gemiddelde lengte, met een groot hoofd en een sterke nek. Kortgeknipt donkerblond haar groeide zijn piek over zijn hoofd. Zijn ogen waren blauw en staarden.

"Wat wil je? Vroeg degene die het eerst arriveerde.

Hij was aanzienlijk jonger dan de nieuwkomer. Ongeveer achtentwintig jaar oud. Correcte gelaatstrekken, blond haar en lange gestalte. Hij was slank, maar sterk.

'Niet hier. We gaan ergens anders praten. Als je het niet erg vindt,' voegde hij er beleefd aan toe.

'Nee, natuurlijk, maar ik kan niet veel tijd verspillen.

'Ik verzeker je dat je het niet zult verliezen. Drink dat op en laten we gaan.

De jongste haalde licht zijn schouders op en gehoorzaamde. Even later stonden ze op straat.

Aan de overkant van de straat was een bioscoop. De kortere wendde zich tot zijn partner.

"Die bioscoop staat bijna altijd leeg op de achterste rijen. We kunnen rustig praten.

"Is er zoveel luxe aan voorzorgsmaatregelen nodig?

Ik wil niet dat iemand hoort wat ik hem te zeggen heb.

Ze namen de plaatsen uit en gingen de bioscoop binnen. Inderdaad, de stoelen achterin waren leeg. Op het scherm, met weinig belangstelling gevolgd door de kijkers, ontvouwden zich de tegenslagen van de onzichtbare man.

"Nou, wat wil je?

De tweede man stak een sigaret op, nadat hij een andere aan zijn partner had aangeboden.

Zijn naam is Helmuth Frick.

'Heb je me hierheen gebracht om me dat te vertellen?

'Niet. Maar ik wil dat je weet dat ik je persoonlijkheid ken. Je bent ingenieur en werkt al twee jaar bij de Magnus Corporation.

'Goed,' zei Helmuth.

En tot slot, je bent Duits.

"Ja. En vertel me nu wie je bent. Anders verlaat ik de bioscoop. Je bent goed op de hoogte van mij, maar dat is niet genoeg om mijn aandacht langer dan twee minuten vast te houden.

"Mijn naam is Loewe, Karl Loewe.

"Het spijt me, die naam zegt me niets, behalve dat...

Behalve dat ik ook Duits ben. Ik kan je niet vertellen waar ik werk, althans voorlopig niet. Maar ik en... andere mensen willen je vragen om iets te doen.

"Wat?

'Als je naar de ambassade gaat, kom je er morgen achter. U moet uw paspoort vernieuwen. Dat is een goed excuus om daar te verschijnen. Vraag naar mij zodra uw document is vernieuwd. Ze zullen je onmiddellijk in mijn aanwezigheid brengen. We zouden willen dat u het zonder mankeren was, Herr Frick. Ik hoop dat het zal gebeuren.

'Kun je me niets vertellen over...?

'Nee, Herr Frick. Het spijt me. Maar tot morgen op de ambassade en dan kunnen we een interessant gesprek hebben. Zal dat?

"Luister, Herr Loewe, wat u van mij vraagt is...

'Het is officieel, zouden we kunnen zeggen, Herr Frick. Het is natuurlijk geen bevel, maar we zouden het erg jammer vinden als u niet bij dat gesprek aanwezig zou zijn.

Loewe kwam overeind.

'En nu,' voegde hij er zacht en onverstoorbaar aan toe, 'moet ik me terugtrekken. Morgen om elf uur, niet vergeten, Herr Frick. me.

Hij ging weg. Nog een kwartier volgde Helmuth de onzichtbare man op het scherm, totdat de dood hem in het laboratorium verraste en zijn vleselijke omhulsel begon te belichamen. Toen kwam Frick naar buiten.

In Piccadilly heeft hij een hapje gegeten in een van de restaurants in Lyon, maar hij had nauwelijks kunnen zeggen wat. Kronens woorden van twee maanden geleden klonken nog steeds in zijn oren, nieuw leven ingeblazen door het interview van vanmiddag.

'Wat ik niet begrijp,' had Wilhelm Kronen, die als chemicus bij een groot Engels bedrijf werkte, hem verteld, 'dat ze nog niet geprobeerd hebben contact met je op te nemen. De dingen zijn erg duister, Helmuth, en ze gebruiken alle middelen die ze tot hun beschikking hebben ".

Nou, ze hadden al contact met hem opgenomen.

En met zeker nogal verdraaide middelen.

Hij was klaar met eten. Het was bijna tijd voor de afspraak met Iolande. Hij had net genoeg tijd om op haar te wachten bij de uitgang van de metro. Langzaam lopend liep hij richting Leicester Square.

De volgende ochtend, zaterdag, verliet hij het familiepension dat hij bezat in Tavistock Street, vlakbij de Strand, en ging op weg naar de ambassade. De mist van de vorige dag was opgetrokken en een heldere zon scheen op de Theems, die het vuile water een charme gaf die ze normaal gesproken niet hadden.

De Duitse ambassade was in Carlton House Terrace, in de buurt van Mali. Het was een oud gebouw, zeer ruim, waarin een bijna perfecte orde heerste. Hij ging naar de paspoortafdeling en de klerk vernieuwde de hare met een glimlach. Ze kenden elkaar al eerder. Toen vroeg hij, met een houding die hij zo nonchalant mogelijk probeerde te zijn, naar de heer Karl Loewe.

Hij werd naar een klein kantoor geleid, dat zich in een van de hoeken van het gebouw bevond. Loewe zelf zat achter de tafel op hem te wachten. Hij stond op en zei, zijn arm opheffend:

"Heil, Hitler!

Dan, met een meer normale stem:

Ga zitten, Herr Frick. Ik dank u hartelijk voor uw bezoek.

"Eigenlijk," zei Helmuth, "zou een simpel officieel briefje voldoende zijn geweest om me eraan te herinneren dat ik mijn paspoort moest vernieuwen om...

Loewe onderbrak hem zonder geweld, maar met gezag.

"Nee, nee, Herr Frick; het spijt me, maar het is beter zo.

Op dit moment, dacht Helmuth. "Zoals gewoonlijk. Als dingen op een verwrongen manier kunnen worden gedaan, waarom zou je dan normaal doen?"

Maar hij zweeg, wachtend tot de ander zou spreken.

'Herr Frick, we zijn op de hoogte van uw werk bij de Magnus Corporation. We weten... we weten echt alles wat u bezighoudt. Je zult niet veel tijd verliezen, en ik zal je ook niet verliezen. Nadat ik dat uitgangspunt heb vastgesteld, zal ik u verder vertellen wat we verwachten ... wat Duitsland van u verwacht.

Helmuth boog zijn hoofd.

"U krijgt binnen een maand de jaarlijkse vakantie waarop u volgens de Britse arbeidswetgeving recht heeft, nietwaar?

"Inderdaad.

"Heb je al nagedacht over hoe je die vrije tijd gaat besteden?

"Ik was van plan een korte trip naar Duitsland te maken en de rest door Wales te toeren.

Loewe knikte.

'Uitstekend. Maar wij... dat wil zeggen, ons land, verwachten van u dat u bepaalde diensten verleent.

Hij is nu weg, dacht Helmuth ongemakkelijk.

"En lekker?

"We zouden heel blij zijn als je die reis naar Duitsland en de wandeling door Wales zou opgeven. Natuurlijk verlies je je vakantie niet. De plaatsen waar je naartoe zou kunnen gaan hebben net zoveel attracties en schoonheden als Wales. Het spijt ons u te moeten vragen om uzelf een korte en welverdiende reis naar het Vaderland te onthouden, maar ik kan u verzekeren dat het veel meer op prijs zou stellen als u onze instructies zou opvolgen.

"Wat moet ik doen?

Loewe overhandigde hem een stuk papier waarop hij verschillende namen had geschreven. Helmuth keek hem aan. Het waren Engelse populaties, gelegen in het noorden en midden van het land. Hij keek vragend op.

'Wilt u iets vragen, meneer Frick? Enige verduidelijking?

"Ja. Weet wat er precies van mij wordt verwacht.

Even leek Loewe te aarzelen.

'U bent een goede Duitser, Herr Frick. Je hebt een deel van je studie in dit land gedaan, maar je bent toch een goede Duitser?

"Ik denk het wel.

'Nou, we hebben ook geen reden om eraan te twijfelen. Daarom hebben we niet geaarzeld om deze stap te zetten, die naar ik durf te zeggen van grote betekenis kan zijn voor ons land.

Hij zweeg even en stak een sigaret op. Helmuth rookte ook langzaam.

'Op al die plaatsen, Herr Frick, zijn er dingen die Duitsland misschien interesseren. Het zijn zaken van zeer uiteenlopende aard, maar even interessant vanuit het oogpunt ... laten we zeggen politiek.

Helmuth keek hem recht in de ogen.

'U hebt mij zojuist de eer aangedaan mij als een goede Duitser te beschouwen, Herr Loewe. Ik denk dat je vrijuit kunt praten. Vanuit militair oogpunt misschien?

Ja, meneer Frick. Ook vanuit militair oogpunt.

Maar ik heb geen toegang tot Britse geheimen.

"Onnodig. Dat is wat gespecialiseerde mensen doen. Je missie zal bestaan uit het fotograferen, met je toeristenmachine, bruggen in aanbouw of reeds gebouwd, spoorwegknooppunten, plaatsen die kunnen dienen als een concentratie van troepen, zowel lijn als gemechaniseerd, vliegvelden die kunnen militair worden gebruikt, enz. Met betrekking tot bruggen kan hij in zijn hoedanigheid van ingenieur enkele berekeningen maken die ons in staat stellen hun vermogen om het verkeer te weerstaan, hun dichtheid van constructie, materialen en sterkte daarvan, enz. te kennen. zien dat we niet om het onmogelijke vragen, maar slechts om een kleine persoonlijke inspanning in het ongewenste geval dat wereldgebeurtenissen leiden tot een gewapend conflict.

"Ik begrijp het", zei Helmuth. Goed, meneer Loewe. Stel... stel dat de missie niet naar mijn zin was. Stel dat ik niet geneigd was om het te ondernemen.

'Die kans is niet eens bij ons opgekomen, Herr Frick, dat moet ik toegeven.

"Maar als het zo was...

"In dat geval zou je heel vrij zijn om een beslissing te nemen naar jouw wensen.

Ze keek hem aan met ogen die alle vriendelijke uitdrukking hadden verloren, en Helmuth besefte het.

'Maar... Herr Frick, mijn superieuren zouden niet blij zijn met uw voornemen om door te gaan in Groot-Brittannië. Als reserveofficier van de Reserve zou je worden opgeroepen om je bij een eenheid aan te sluiten. Maar we mogen niet geconfronteerd worden met onaangename mogelijkheden. Gezien uw achtergrond weet ik zeker dat u niet zult weigeren mee te werken aan de verdediging van ons vaderland. En dus heb ik het, vooruitlopend op dit interview, bekend gemaakt aan mijn superieuren.

Er was geen uitweg. Of ga terug naar Duitsland om te worden opgenomen in een van de legereenheden of te doen wat ze hem vroegen te doen. De zaak was volkomen duidelijk.

Afgezien van het feit dat hoe zou Fraülein Zermatt zo'n onpatriottische houding aannemen?

Waarom meng je Fraülein Zermatt hierin? vroeg Helmuth droogjes.

"Gewoon als een mogelijkheid. De mogelijkheid dat Fraülein Iolande Zermatt geneigd was u te beschouwen als een man die het niet waard was haar mooie ogen op hem te hebben gericht.

'Is het een bedreiging, meneer Loewe?

'Nerd! In ieder geval. Het is gewoon dat, een mogelijkheid. Fraülein Zermatt heeft altijd laten zien dat ze een uitstekende patriot is.

'Ik wil je één ding zeggen,' zei Helmuth langzaam. Er is niets dat ik niet zou doen voor mijn land, als het me erom zou vragen. Maar ik wil helemaal niet gedwongen worden. Wat ik ook voor hem doe, ik zal het uit vrije wil doen en niet onder bedreiging van welke aard dan ook. Is dit duidelijk?

"Helemaal. En geloof dat ik u dank ... dat we uw oprechtheid waarderen. Een man die zo'n opheldering geeft, we geloven dat hij veiliger is dan een ander die zonder aarzeling zou hebben gepleegd.

"Dat is wat mij betreft het geval.

'Dus meneer Frick, kunnen we de deal sluiten?

Helmuth aarzelde even. Heel licht, maar Loewe merkte het.

'Is er iets dat we moeten weten, Herr Frick?

"Niets, behalve dat zou ik niet graag ten strijde trekken met dit land. Hier heb ik werk gevonden...

"Dat het hem in Duitsland niet ontbrak, haast ik me om op te helderen.

"Ok, het zij zo. Laat ik het afmaken. Ik heb werk gevonden en ik heb vrienden. Niet veel, maar sommigen, en ze lijken oprecht. Ik moet er ook aan toevoegen dat ik in geval van een conflict niet zou aarzelen om een één seconde natuurlijk. Mijn vaderland is Duitsland en ik zou ervoor vechten. Hiermee wil ik alleen maar uitleggen dat ik niet tot het uiterste wil gaan, maar dat ik, indien nodig, wel zou willen. Heb ik uitgelegd mezelf goed, Herr Loewe?

"Met uitstekende helderheid. Die bezwaren, dat gevoel van vriendschap, eren hem en maken me meer dan ooit tevreden om te kunnen rekenen op de medewerking van een man die geen huurling is, maar een bewuste patriot en doordrenkt met zijn heilige plichten.

Hij strekte zijn hand uit over de tafel. Helmuth vond het een beetje zacht en helemaal niet energiek, maar hij schudde het.

Hij stond op, geïmiteerd door Loewe.

'Nog iets, meneer Frick. Uiteraard brengt dit alles u wat extra kosten met zich mee, die de Duitse overheid graag betaalt. Bij de Mediterrane Bank wordt u een betaalrekening ter beschikking gesteld, waarvan u zonder onnodige verspilling kunt gebruiken "Duitsland is niet rijk, weet u", maar niet zonder gierigheid. Ik kan u verzekeren dat, u vertrouwend, die rekening niet onder toezicht zal staan. Duitsland is niet rijk, ik herhaal het, maar het weet hoe het moet zorgen voor de kinderen die ervoor werken.

Terwijl Helmuth op het punt stond te spreken, stak hij zijn hand vermanend in de lucht.

"Nee, Herr Frick. Dit is geen betaling. Het is gewoon niet om u van uw spaargeld te beroven. U kunt die rekening gebruiken zoals u wilt.

Gewetenloos, die, zelfs als ze u eren, niet op hun plaats zijn. We betalen niet een medewerker, zorgen wij voor het comfort van een medewerker.

En toen ze naar buiten gingen:

'Kom over vijftien dagen vanaf vandaag, dat wil zeggen 2 juni, naar me toe. Een bepaalde persoon zal je volledige instructies geven. Tot ziens, Herr Frick, Heil Hitler!

Zijn uitgestoken hand kwam bijna tussen Helmuths ogen. Hij salueerde wat minder theatraal en verliet het kantoor.

"Maar lieverd", wierp Iolande tegen, "ik dacht dat we naar Duitsland zouden gaan. Ik keek er echt naar uit om daar samen met jou heen te gaan, en dat je mijn ouders zou ontmoeten.

"Het spijt me.

Ze zaten in Hyde Park op een bankje en warmden zich op in de warme meizon. Een eindje verderop, zittend op een pakkist, sprak een zelfvoldane man onvermoeibaar een groepje leeglopers toe. Van tijd tot tijd kwamen er flarden van zijn zinnen, gedragen door de wind, in de oren van beide jonge Duitsers.

'... En ik verzeker u, geliefde broeders, dat het laatste uur nadert. Dat Christus uit de wolken zal neerdalen als een dief in de nacht, en wee degenen die niet bereid waren hem te ontvangen! ...

'Ja, het spijt je, maar je geeft me geen uitleg.

Iolandes haar was zo blond dat het bijna wit leek in de zon. Zijn gelaatskleur bleek van de afgelopen winter; haar rode mond, heel weinig geverfd, en haar blauwe jurk waren erg leuk om te zien. Helmuth keek haar met samengeknepen ogen aan. Ze was mooi en hij hield van haar. Hij wilde met haar trouwen en in een klein stadje wonen, in Duitsland of in Engeland, een eenvoudig leven, zonder complicaties en vooral zonder die donkere wolken die aan de horizon opdoemden.

'... Wees voorbereid, broeders, ik smeek u dringend! Niet slapen! Wees waakzaam! Altijd waakzaam om Zijn komst af te wachten...!

"Sorry, Iolanda.

'Maar tenminste' antwoordde ze met een nieuwe toon in haar stem 'kun je me een verklaring geven.

Helmuth aarzelde even.

'Iolande, denk je dat er oorlog zal komen?

"Ik wil het niet en ik weet niet of het zal komen of niet. Ik ben geen politicus, maar een meisje dat werkt voor de kost. Maar wat heeft dat te maken met...?

"Een moment. Je wilt niet dat er een oorlog komt, maar als die er was... wat zou je dan doen?

'Helmuth, ik vind je erg somber vandaag. Ik wil dat je me precies vertelt wat je denkt.

'In de oorlog. In de mogelijkheid die er is.

Antwoord, Iole. Geloof het of niet, het heeft te maken met waar we het over hebben.

'Als dat zo was,' antwoordde ze langzaam, friemelend aan een lint van haar jurk, 'zou ik proberen naar Duitsland te gaan, als ik tijd had, en doen wat ze zeiden.'

Ik sla mijn blik naar hem op.

En leg jezelf nu eens uit. Als jij wilt.

"Zie je wel, Iole. Ik weet dat je de Engelsen niet haat. Je woont hier en werkt met hen samen, net als ik. We zouden niet willen dat een van ons beiden, indirect, tegen deze natie zou moeten vechten. Het ligt niet in onze macht om het uitbreken van een oorlog te voorkomen. We zijn een paar eenheden te midden van krachten waarover we niet de minste macht hebben.

"Waarom kom je niet ter zake? Ik ben op dit moment niet in de stemming om filosofisch-politieke lezingen te doorstaan.

Zijn stem was vol teleurstelling. Ze hadden vaak die reis naar Duitsland gepland, waarin ze Iolande's ouders, in Kiel, hun verloving zouden aankondigen. Helmuth had geen familie.

"Tot het punt dat ik ga. Mijn liefste, ik weet niet of ik het fout of fout heb om het je te vertellen, maar het feit is dat ik op een officiële manier ben gevraagd om mijn vakantie in dit land door te brengen.

"Maar... met welk doel? Waarom komen ze in...? vroeg Iolande, haar ogen werden groot. Zijn wenkbrauwen, zo bleek dat ze van de rest van zijn gezicht nauwelijks zichtbaar waren, waren gewelfd.

Helmuth gooide discretie aan de wind. Het was hem tenslotte niet verboden om met zijn verloofde te praten.

Hij legde het haar uit. Toen hij klaar was, zei ze alleen:

"Begrijpen.

Toen, na een moment, zo lang dat hij bijna tijd had om een hele sigaret te roken, voegde hij eraan toe:

"Het punt is dat ik niet alleen naar Duitsland wilde. Zie je een probleem in mij om die reis met jou te maken?

Helmuth aarzelde even.

"Ik zie er geen, zo van de eerste intentie, maar zouden ze het leuk vinden?

'Ik weet het niet, en het punt is dat het mij ook niet kan schelen. Helmuth, aangezien we onze reis naar Duitsland hebben verpest, laten we dat samen doen. Zeg geen nee tegen mij. Als je niet verboden bent, kun je het doen. Ik beschouw het als een persoonlijke overtreding als je dat niet doet.

Helmut glimlachte.

'Nou. We zullen één ding doen. Als ik ze ga bezoeken, zal ik het je in het geheim vragen. Ik denk dat het er ook niet toe doet.

"We kunnen zelfs doorgaan voor man en vrouw. Dit zou minder argwaan wekken, als we die zouden opwekken.

Het idee werd voor Helmuth steeds aantrekkelijker.

"Oké, zolang ze er maar niet te zwaar aan tillen.

'Ze hebben je gedwongen om het onder dwang te doen, nietwaar? Tja, ze zullen het er maar mee moeten doen.

De spreker was uit zijn la gekomen en had hem gedragen; hij liep weg te midden van de onverschilligheid van zijn toehoorders. De middag was aan het afnemen. Het rook er naar laurier en kaneel.

'Oké,' zei Helmuth. En nu gaan we waar ik je kan kussen. Als we in Parijs waren, zou ik het hier doen Helaas ...

Ze liepen weg, arm in arm, gevolgd door de onbeschaamde blikken van oude vrijsters die hun honden trokken.

Op 2 juni werd Helmuth begroet door de heer Loewe en een man in burger, maar onmiskenbaar militair van aard. Hij was droog, met zulke abrupte manieren, dat hij Helmuth meerdere keren bijna zijn geduld liet verliezen. Met moeite hield hij zich in. Zijn gesprekspartner wees in de verschillende steden de plaatsen aan die hij moest bezoeken en waar hij op moest letten. Hij was zeer grondig in zijn uitleg en Helmuth realiseerde zich dat hij een man was die erg gewend was aan zulke dingen. Hij was een militair, maar ook een technicus, misschien een ingenieur. Eindelijk was hij alleen met Loewe.

'Ik hoef je niet te vertellen dat je geen enkele schriftelijke aantekening moet maken, zelfs niet in cijfers. Omdat u Duits bent (u mag uw nationaliteit op geen enkele manier verbergen), kunt u worden geregistreerd als u enige verdenking wekt. Alles moet in je hoofd worden bewaard. Hoeveel geheugen heb je?

'Goed,' antwoordde Helmuth droog.

"Uitstekend, volgens zijn docenten en oud-klasgenoten. Wees niet bescheiden, mijn beste Herr Frick. Dit alles wordt kinderspel voor u.

Helmuth viel frontaal aan.

"Fraülein Zermatt wil mij vergezellen op deze reis.

Loewe's ogen vernauwden zich een beetje.

'Heb je hem op de hoogte gehouden van ons gesprek?

'Natuurlijk niet,' loog Helmuth. " Maar we hadden een reis naar Duitsland gepland en dit is gekomen om het te bederven, zoals je weet. Ze wil niet van mij gescheiden worden.

"Ik vind het heel redelijk. Neem het, beste vriend. Een vrouw is een uitstekend excuus om foto's te maken. Ze zijn zo mooi in hun charmante houdingen als daarachter een brug, een dam, een treinstation... is! Ze fotograferen voor een slagschip is een lust voor het oog! Je moet het zeker dragen.

'Dank je,' mompelde Helmuth verbijsterd. Deze kleine man leek haar ideeën te raden.

'Dat zal ik doen,' antwoordde hij.

"Fraülein Zermatt staat dus ook op onze onkostenrekening. We hopen, beste vriend, dat je er geen misbruik van maakt om je garderobe volledig te vernieuwen", voegde hij er met een dikke lach aan toe.

En terwijl ze hem een vriendelijk schouderklopje gaf, liep ze met hem mee naar de deur. Daar brulde de Heil Hitler! en Helmuth verliet de ambassade.

Helmuths vakantie begon op de twintigste. Hij was gewaarschuwd dat hij niet meer op de ambassade mocht verschijnen, omdat alles al besproken was. Dat deed hij toen niet. Op de 20e namen ze de trein naar Manchester en daar begonnen ze hun route door het noorden van Engeland, het zuiden van Schotland en dan langzaam terug langs de oostkust. Manchester, Leeds, Newcastle, Scarburgh ...

Het waren een paar zeer gelukkige dagen. Helmuth had vanaf het begin besloten om als pasgetrouwd stel te poseren. Hierdoor lieten de collega-trainers, de bewoners van de hotels, ze relatief rustig achter. Ook schuwen ze het bedrijf niet. Ze konden het niet, anders zouden ze argwaan wekken. Zoals de wereldsituatie was, met notenwisselingen tussen Duitsland en Frankrijk en Engeland, virulente toespraken van "boebbels", bedreigingen aan het adres van Polen, was een Duits echtpaar niet, zelfs voor de rustige Engelsen, niet zo onopgemerkt als een jaar zou zijn geweest. voordat.

Ze waren daarom zeer hoffelijk, zonder de opmerking te overdrijven; ze maakten lange wandelingen aan de rand van de steden, ze maakten uitstapjes naar de Pennines, altijd met hun camera's op hun schouders. Maar ze ontwikkelden de foto's nergens, in plaats daarvan hielden ze de rollen totdat ze ze in Londen konden afleveren.

's Avonds maakte Helmuth op een stuk papier dat hij later vernietigde aantekeningen van alles wat hij had gezien en bestudeerde het aandachtig. De lengte van de bruggen op de hoofdwegen, het gewicht dat ze konden dragen, hun fundamenten, de staat van instandhouding van de wegen, de geschatte afmetingen van de vliegvelden, waar ze als eenvoudige en bewonderde toeristen naartoe gingen om de vliegtuigen te zien vertrekken. ...

Dit alles bestudeerde hij met een door zijn beroep getrainde geest. Daarna verbrandde hij de papieren en hield alleen een ongevaarlijk reisdagboek bij, heel typerend voor een pasgetrouwd stel, waarin hij de plaatsen opschreef waar ze waren langsgekomen, zonder meer details dan enkele sentimentele details die Iolande moest toevoegen. Die namen zouden voldoende zijn om later te onthouden waar de foto's thuishoorden.

Uiteindelijk keerden ze op 15 juli terug naar Londen. Helmuth zou twee dagen later, op de 17e, weer aan het werk gaan. Op de 16e ging hij naar de ambassade en ontmoette hij Loewe. Hij pakte de spoelen met foto's en gaf ze door aan de militair, wiens naam Helmuth niet kende.

De foto's waren in een mum van tijd ontwikkeld en toen ging Helmuth voor een grote tafel zitten, met de militair aan de andere kant, en begon met de uitleg.

Langzaam, terwijl hij probeerde niets in zijn geheugen te bewaren, maakte hij wat de technische geschiedenis van de reis zou kunnen worden genoemd. Een apparaat nam zijn verklaringen op, terwijl het leger de gegevens controleerde en de foto's onderzocht. Dit alles hield hen de hele dag en een deel van de nacht bezig. Eindelijk, om half elf waren ze klaar.

De militair stond op en stak een sigaret op.

"In principe heel goed. Goed amateurwerk, Herr Frick.

"Het spijt me" antwoordde Helmuth geïrriteerd. Ik heb mijn best gedaan. Ik ben zeker geen professional.

'Het was niet mijn bedoeling hem te beledigen. Het werk dat je hebt gedaan is goed genoeg dat ik niet aarzel om je te feliciteren.

"Bedankt.

De soldaat stond op en Helmuth volgde.

"Terwijl je uit Londen was, zijn er een aantal dingen gebeurd... Sommige dingen zijn niet geheel onvoorzien. Herr Frick, ik ben bang dat u naar huis moet.

'Wanneer? vroeg Helmuth fronsend.

"Binnenkort. We zullen de bestelling zeker een dezer dagen ontvangen. Je bent een reservist voor militaire ingenieurs, nietwaar?

"Ja meneer.

'Met de rang van tweede luitenant.

"Zo is het.

"Ze roepen de reservisten op voor zomermanoeuvres. Ik zeg het je, ook al is het een geheim, want het zal spoedig ophouden te bestaan, en ik zie geen reden om het voor je verborgen te houden.

Er liep een soort koude slang over Helmuths rug. Daar was het toen al.

"Maar ik ben al geslaagd voor de vijf jaar van jaarlijkse stages. Betekent dit... betekent dit oorlog?

"Laten we hopen van niet" antwoordde de ander met een uitdrukking die het tegenovergestelde aanduidde. Er was een ijzige uitdrukking in zijn pupillen verschenen. "Maar Duitsland kan de inmenging in ons lot niet langer verdragen. Nee, Herr Frick, en dat weet u maar al te goed.

Helmuth dacht dat zodra Tsjechoslowakije en Oostenrijk waren geannexeerd, Hitler zei dat de Duitse aanspraken voorbij waren. Dat bleek althans uit zijn toespraken. Maar het leek niet de meest geschikte gelegenheid om het te zeggen. Hij keek alleen maar naar de ander, wachtend.

'Ze zullen je binnenkort de dagvaarding sturen. Je hebt in ieder geval al een geweldige vakantie gehad. Niet iedereen kan daar hetzelfde zeggen, in het thuisland.

Ze liep met hem naar de deur.

'Tot ziens, tweede luitenant Frick.

Helmuth voelde de onderdrukking van de heer, maar zei niets. Het ding was dus serieus.

Mensen op straat leken geen aandacht te schenken aan de nieuwe gebeurtenissen. Ze leken allemaal kalm, maar Helmuth was dat niet. Even overspoelde hem een zeker gevoel van trots. Die Engelsen... ze stonden aan de rand van een vulkaan en desalniettemin liepen ze met onbewogen gezichten door de straten, dronken hun thee, lazen hun Times...

In plaats daarvan bereidde Duitsland zich voor. De immense fabrieken van Essen spuwden dagelijks honderden, duizenden kanonnen; De Skoda, in Tsjechoslowakije, voedde de groene hordes met machinegeweren, miljoenen geweren, duizenden vliegtuigen... De meest formidabele industriële macht ter wereld doemde op over de grenzen.

Toen maakte trots plaats voor angst. Geen fysieke angst voor de naderende oorlog, maar de gezonde angst om een positie te verliezen die hij leuk vond en waarin hij geld verdiende, compassie voor het aantal vrouwen dat zonder echtgenoten, vriendjes, broers en vader zou achterblijven; de miljoenen jongens, de bloem en de belofte van zoveel landen die zouden sterven...

Toen hij Iolande ontmoette, die op hem wachtte in de hal van het kleine familiehotel, nam hij haar bij de arm en leidde haar de straat op. De tavernes, pubs en bars waren al gesloten, maar dat maakte niet uit, want het was een prachtige zomeravond.

Toen hij klaar was met het haar uit te leggen, zweeg ze even.

'Wanneer denk je dat ze je zullen bellen?

'Ik weet het niet. Ze hebben het me niet verteld.

'Ik denk... ik denk dat ik ook moet gaan.

'Ja, maar ze zullen je niet bellen. Je bent geen reservist.

Ze glimlachte niet.

"Het punt is dat ik nu niet kan stoppen met werken.

Iolande werkte bij een verzekeringskantoor, een zeer gerenommeerd Zwitsers huis in Londen. Ze was de secretaresse van een van de directeuren en verdiende veel geld. Hij betwijfelde of ze hem in Duitsland zoveel zouden geven.

'Nou, ik denk niet dat je veel haast hebt om het land te verlaten. Met voorbereid te zijn voor het geval er ooit iets mis gaat, denk ik dat er genoeg zal zijn.

Ze zweeg nog een moment. Hij leek iets te willen zeggen, maar viel toen stil. Hij sprak bijna vijf minuten niet.

'Nou, ik veronderstel dat er in Duitsland ook secretaresses nodig zullen zijn. Het punt is, Helmuth, ik wil je niet verlaten.

Ze liepen arm in arm door de straat, heel dicht bij elkaar.

"Denk niet dat ik het idee ook niet leuk vind, maar wat kunnen we doen? Wacht. Zeg je baan nog niet op. Het kan een vals alarm zijn, zoals toen het een jaar geleden in München gebeurde.

'Wat als dat niet zo is? Ik zou graag met je meegaan voor het geval ze je bellen, Helmuth.

"Wacht schat. Ze hebben me nog niet gebeld. Nog even geduld:

Ze zuchtte.

"Nou. We zullen wachten, maar ik ga erover nadenken. Helmuth, waarom gaan we niet trouwen? We weten dat we van elkaar houden en dat we samen gelukkig zijn. Waarom nog langer wachten?

"Om ons spaargeld vet te mesten.

"Ze zullen van weinig nut voor ons zijn als er oorlog uitbreekt.

"Je zult zien dat uiteindelijk alles loos alarm is. Hij vergezelde haar naar huis en keerde toen terug naar het hotel.

Reserve 2e luitenant Helmuth Frick werd op 30 juli geroepen. De algemene mobilisatie was nog niet afgekondigd en daarom was het niet op bevel dat hij werd geroepen, maar een aanwijzing dat hij zich moest melden bij Duitsland, in Darmstadt, om zijn jaarlijkse militaire oefeningen doen, waarvan hij vijf jaar was vrijgesteld. Maar nu wist hij dat het een duidelijke en eenvoudige mobilisatie was.

"Wanneer moet je mee? Vroeg Iolande, haar ogen droog, maar de hand waarmee ze de sigaret vasthield trilde.

"Ik moet op 3 augustus in Darmstadt zijn.

Net genoeg tijd om in te pakken en de boot te nemen.

Hij klapte in zijn handen op de tafel. Ze zaten in een bar in Whitechapel bier te drinken en zoute donuts te eten.

'Hierdoor verlies ik mijn baan, Iole. Toen ze het me gaven, hadden ze natuurlijk geen idee dat het op elk moment vanuit Duitsland kon worden gebeld. Ik denk niet dat ze geamuseerd zullen zijn.

Hij deed het niet. De stafchef van Magnus schudde nors het hoofd. Helmuth had hem natuurlijk niet verteld waarom hij naar Duitsland moest toen hij net terug was van vakantie, maar hij rook het.

"Wat zijn jullie van plan? Vroeg hij streng. Ik heb het niet over jullie, maar over Duitsers in het algemeen. Iedereen zou zeggen dat ze graag nog een rel willen krijgen zoals die in 1914.

'Ik weet het niet, meneer. Mijn motieven zijn bekend, zoals ik u al heb verteld.

"Nou, ik kan het natuurlijk niet volhouden, maar ik kan u ook niet verzekeren dat uw functie over een maand of twee vacant zal zijn. De Magnus is een serieus bedrijf. Vervult uw verzoeken en is attent op uw werknemers, maar vereist wederzijdse gedrag van hen.

"Het spijt me.

"Nou, als er geen andere remedie is, vertrek dan, maar uw positie zal hoogstwaarschijnlijk worden ingenomen wanneer u besluit terug te keren.

Hij werd betaald, nam afscheid van de hoofdingenieur, die hem vroeg of ze even belangrijke salarissen verdienden als in Engeland, en voegde eraan toe dat die verdomde nazi's allemaal gek waren, te beginnen met de huisschilder die vanaf de radio naar hen schreeuwde. Uiteindelijk nam hij de trein.

'Ik wou dat ik met je mee was gegaan,' zei Iolande tegen hem toen ze afscheid van hem nam op het station van Victoria.

Er was een nieuwe uitdrukking in zijn ogen die Helmuth op dat moment niet kon analyseren.

'Als het slecht gaat, pak dan de mat in en kom terug,' zei hij en omhelsde haar. Maar in de tussentijd denk ik dat je hier beter af bent.

'Ik weet het niet,' antwoordde ze en kuste hem zo hard dat het pijn deed. "Ik weet het niet. Maar wees voorzichtig, Helmuth.

Schrijf me elke week. Jij zult het doen?

'Ja natuurlijk. En misschien kan ik je binnenkort wat nieuws vertellen.

"Dat is niet degene die de oorlog is uitgebroken.

'Nee, ik denk niet dat dat het precies is.

De trein floot lang en Helmuth stapte zijn appartement binnen. Ze konden elkaar nog steeds de hand schudden, elkaar in de ogen kijkend, en toen reed het konvooi weg, eerst langzaam, later sneller. Helmuths laatste visioen van Iolande was daar, op het perron, met haar bijna witte haar, gebruinde huid en rode lippen die glinsterden in het licht van de voltaïsche bogen. Hij zou haar nooit meer zien, maar toen wist hij het niet.

Hij arriveerde op 2 augustus in Darmstadt en meldde zich bij het 5th Engineer Regiment. Op de 3e droeg hij al een groen uniform, met zwarte insignes op de revers en witte gevlochten epauletten.

De hele maand augustus trainde hij een speciaal gekozen peloton soldaten en onderofficieren in sloopwerkzaamheden, de bouw van bootbruggen, pontons en het lokaliseren van mijnen met nieuw materiaal dat ze net hadden gekregen.

Gedurende al die tijd had hij vele gelegenheden om om zich heen te kijken, en toen hij op de 20e getuige was van gecombineerde manoeuvres met tanks, infanterie, luchtvaart en artillerie, twijfelde hij er niet aan dat Duitsland ten oorlog zou trekken. Zo'n uitgave zou alleen gerechtvaardigd zijn als al dat materiaal, al die duizenden perfect getrainde soldaten, gedisciplineerd als machines, oorlogszuchtig zouden worden gebruikt.

Diezelfde avond schreef hij een brief aan Iolande waarin hij haar vertelde terug te keren naar Duitsland. Wetende dat de censoren alle brieven die de Duitsers naar het buitenland stuurden, en vooral naar Engeland en Frankrijk, nauwkeurig bekeken, vertelde hij haar dat hij haar nodig had en dat ze zouden trouwen zodra hij aankwam.

Op de 24e kreeg hij antwoord. De verzekeringsmaatschappij had haar tien dagen gevraagd om een vervanger voor hem te zoeken en ze was verplicht hen te huisvesten. Het zou beginnen op 4 of 5 september. Ik was de passage al aan het verwerken.

Helmut slikte. Eerste luitenant Remer, die zijn slaapkamer deelde, keek hem aan.

"Is er iets mis?

'Hij kan pas over tien of twaalf dagen komen.

"Tien of twaalf dagen maakt niet zoveel uit" antwoordde de ander, terwijl hij een sigaret rookte, liggend op het bed.

Helmuth kneep zijn ogen tot spleetjes.

'Denk je van wel? Je hebt gisteren ook de toespraak van de Führer gehoord.

"Hij heeft niet gezegd dat de oorlog over tien dagen zal worden verklaard.

Eerste luitenant Remer was een geweldige ingenieur, maar hij stond nooit stil. Hij gehoorzaamde bevelen en, hoewel hij niet tot het reguliere leger behoorde, gaf hij, net als andere reservisten, geen commentaar op de bevelen en de politieke situatie.

Na het eten gingen ze de straat op. De kazerne stond vlakbij het station. Helmuth stopte bij een van de hellingen, van waaruit de stationsloodsen te zien waren, bij de afslag naar de Frankfurt-lijn.

"Kijk" zei hij eenvoudig.

Een enorm konvooi van zo'n dertig auto's was net de afslag ingeslagen. De wagons waren bedekt met zeer strakke dekzeilen, maar een deskundige blik kon niet missen wat ze bevatten. Het waren kanonnen van klein kaliber.

"Dus, dag na dag", zei hij. Al die treinen gaan naar de Franse grens.

'Die varkens zullen ons niet overrompelen,' antwoordde Remer terwijl hij een sigaret opstak.

"Daar gaat het niet om". Het punt is dat de macht van een land als het onze niet op deze manier zou worden gemobiliseerd als er geen reden was die dit volledig rechtvaardigde.

"Ik denk het wel", antwoordde de ander rustig.

Helmuth keek naar de rijtuigen. Soldaten gekleed in het groen, met rode artillerie-emblemen op hun revers, dwaalden tussen de sporen en bestormden de kantine. Hun gehandschoende officieren, hun petten hoog aan de voorkant en afgeplat aan de zijkanten, hun onberispelijke krijgers, dit alles maakte dat ze er krijgshaftig en enorm effectief uitzagen.

Ze liepen verder naar de buitenwijken, naar het veld. Straaljagers vlogen snel door de lucht en vlogen in gevechtsformatie. Beide ingenieurs keken op. Weer drong die golf van trots Helmuth binnen. Het was te veel kracht om onbewogen weerstand te bieden. Macht stijgt naar het hoofd, zoals wijn. Hoe anti-oorlog je ook bent, als je de trommel hoort, bepaal jij het tempo.

Remers stem haalde hem uit zijn mijmeringen.

"Het heeft geen zin dat we ons zorgen blijven maken. Noch Engeland, noch Frankrijk zal toegeven aan de logische Duitse wensen. Polen, die stomme natie, een broeinest van onenigheid door de geschiedenis heen, zal ook niet toegeven. Die zullen we dan moeten nemen. De Führer heeft het gezegd en hij moet goed weten wat hij zegt.

"Wat schreeuwt het.

"Zoals jij het graag wilt.

Ze vervolgden hun wandeling. Hun arm deed pijn van het beantwoorden of aanbieden ervan. De straten van Darmstadt leken al hun landgenoten te hebben verloren of vervangen door militairen.

's Avonds waren ze allebei buiten dienst in een nachtclub aan de Goethestrasse. Het lijkt erop dat de oorlogswoede daar had bereikt. De entertainers, de tekenfilms, zongen liedjes die verwijzen naar Frankrijk, Engeland en Polen, met grappen die steeds roder werden naarmate de nacht vorderde. De gebruikelijke meisjes hingen aan de armen van de officieren en bewonderden hun nieuwe epauletten, hun zware laarzen met hun broek erin gestopt.

Remer nodigde twee van de meisjes uit, die zich haastten om aan zijn tafel te gaan zitten. Ze bestelden champagne, maar Helmuth likte nauwelijks van zijn glas.

"Wat is er mis met deze?" Vroeg een van hen terwijl het orkest wals na wals en mars na mars gebruikte, want Amerikaanse muziek was verboden. Is er iemand overleden?

"Niemand. Het is zijn bezorgde karakter", antwoordde Remer, die dronken begon te worden.

Hij schonk een glas champagne langs de halslijn van het meisje en ze gilde. Helmuth stond vol walging op.

'Ga je?' vroeg Remer.

'Ja. Het spijt me. Ik heb geen zin om plezier te maken. Doe het zelf.

Het haar van een van de buscona's had hem al snel aan dat van Iolande doen denken, en het deed hem op zijn borst kloppen. Hij verdronk in die sfeer van geschreeuw, rook en fictieve vreugde.

Hij ging de straat op. Op weg naar de kazerne kwam hij groepen soldaten tegen die met gebogen hoofd liepen. Kijkend naar hun gezichten, de gezichten van eerlijke boeren, dacht hij dat er iets mis was. Niet iedereen zou oorlog in Duitsland moeten willen.

De volgende ochtend werden ze opgeroepen door middel van een rondschrijven van de kolonel. Het hele regiment stelde zich op op een plein op de immense binnenplaats, met de officieren in het midden.

De kolonel, Von Luvowitz, stond in het midden, de sabel naast hem, het hoofd geheven.

"Officieren van het 5e Genieregiment, 32e Reichwehr Divisie! Soldaten! Ik moet je meedelen dat, misbruik makend van de goede trouw van onze Wervingsautoriteiten, een ongewenste een maand lang met jullie allemaal heeft samengewoond, met ons allemaal ... Deze overtreding zal niet zonder zijn rechtvaardige straf gaan.

'Wat is er gebeurd?' vroeg Helmuth aan een tweede luitenant naast hem.

'Maar ben je er gisteravond niet achter gekomen?

"Ik was uit.

"Luitenant Kronberg. Er is ontdekt dat hij joods is.

Helmuth huiverde. Kronenberg. Ik wist weinig over hem. Ze had hem verschillende keren gesproken en slechts terloops. Hij was een uitstekende ingenieur, zoals iedereen zei. En nu bleek dat hij een Jood was.

Een man had verschillende stappen naar voren gedaan, binnen het kader van officieren. Adjudant Hauptmann von Rezske stapte naar hem toe terwijl de trommels somber bonkten. Rezske verwijderde met twee scherpe slagen de epauletten en gaf hem toen een klap, terwijl de ander in de houding bleef. De stem van de kolonel bleef klinken, een hoge kreet, maar Helmuth hoorde nauwelijks wat hij zei. Hij had alleen oog voor Kronbergs razend, geschrokken gezicht.

De kolonel hield op met praten. Twee soldaten gingen aan weerszijden van de voormalige luitenant staan en kwamen, op het spookachtige ritme van de trommel, uit de formatie. Even later braken ze de gelederen.

Helmuth keerde terug naar zijn kamer en plofte op het bed, nog steeds duizelig, misselijk. Remer was hem gevolgd.

'Nou, een jood minder', zei hij filosofisch. De Gestapo zal nu voor hem zorgen. Thunder, je kunt niemand vertrouwen! Ik heb wat gedronken met die man. En nu blijkt het een Joods varken te zijn.

Helmuth antwoordde niet.

Op 31 augustus had hij nog geen bericht van Iolande ontvangen. In de vroege ochtend van 1 september begonnen de luidsprekers van de verschillende eenheden van de kazerne te loeien. Ze hieven allemaal geschrokken hun hoofd op. De omroeper kondigde aan dat de Duitse Führer zijn volk zou toespreken.

En toen, met de stem van de man met de getrimde snor en de haarlok op zijn voorhoofd, hoorden ze het nieuws. Het Duitse leger negeerde zijn ultimatum en was net de Poolse grens overgestoken.

De brief bereikte Helmuth Frick in de treinwagon, waar hij twee dagen later op weg was naar de Poolse grens bij Jena. De brief was gedateerd 31 augustus en daarin vertelde Iolande haar dat ze Engeland niet kon verlaten, omdat de uitreisvisumprocedures waren afgeschaft. En hij kondigde haar ook aan, in rijen nat van tranen, dat de kleine Helmuth of de kleine Hermine in april van het volgende jaar zou worden geboren, als er niets zou gebeuren om het te voorkomen.

Remer benaderde zijn partner. Op zijn eigen, ietwat onbeleefde manier, had hij een goed hart en was hij dol geworden op zijn vriend.

"Wat doe je, huilen? Dit is niet het moment, maat. Ze wachten op ons in Polen, maar als dat je gelukkig maakt... je kunt op mijn epauletten leunen om comfortabeler te huilen. Jongen, jongen, kan ik iets doen voor jou?

Om hen heen lag een uitgestrekte vlakte waarvan de velden al twee maanden waren gemaaid. De spoorlijn strekte zich voor hen uit, als een gepolijst lint, glanzend in de zonnestralen. Ze waren in een klein dorp, wiens Slavische naam Helmuth niet kon uitspreken. Deze spoorlijn leidde rechtstreeks naar Lodz en vervolgens naar Warschau.

De lucht was al koel, hoewel de zon boven haar scheen. Ze waren voorbestemd om de weg te herbouwen, opgeblazen door de Polen tijdens hun terugtocht.

Duitse troepen rukten op met een snelheid van dertig kilometer per dag. Voor hen zouden de Poolse troepen terugvallen, woedend vechtend, maar met totale hulpeloosheid in het aangezicht van de Duitse macht.

Op een continue manier kwamen de treinen beladen met troepen aan op het station. Een korte stop om zich op te frissen en als een onstuitbare vloed zetten ze hun mars naar het oosten voort.

'Ik geef deze jongens tien dagen om zich over te geven,' zei Remer, terwijl hij de sectie leidde die zich bezighield met het lossen van de nieuwe rails die de rails zouden vervangen die de Polen hadden opgeblazen. Is er iemand die er een weddenschap op wil plaatsen?

Helmuth antwoordde hem niet. De rails, geladen op de wagons, waren vertrokken. Hij klom erop en Remer volgde.

De baan moest worden gerepareerd in een sectie van bijna tweehonderd meter. De bemanning van de sapper was de nieuwe betonnen dwarsliggers aan het leggen en de rails aan het vastschroeven. De werken vorderden met grote snelheid.

In de verte klonk artillerie. Duitse tanks hadden een frontale aanval uitgevoerd op een Poolse divisie, en toen omsingelden twee infanterietangen de overblijfselen van de divisie. Duizenden gevangenen waren genomen en nu liepen ze, gehuld in hun gescheurde kaki uniformen, naar achteren.

Een Adler, die de commandant van het geniebataljon droeg, kwam wankelend door de velden naar de bouwplaats.

"Luitenant Remer!

'Op uw bevel, mijnheer de commandant.

"De werken gaan heel langzaam. Er staat een artillerietrein op het punt om die stad te bereiken. Het moet binnen drie uur gebeuren.

'Vier uur, mijnheer commandant,' antwoordde Remer kort.

De commandant bekeek de soldaten die de duigen aan het leggen waren en degenen die de reeds met kiezels ingeschroefde stukken vulden.

'Oké, vier uur, maar geen minuut meer. Die artillerie moet passeren. Het ontbreekt aan de voorkant.

Remer blafte een paar bevelen en de soldaten activeerden de banen. Ze werkten als automaten, met vermoeide gezichten, ingevallen ogen.

'Hoe gaat het met het front, mijnheer de commandant? vroeg Remer.

'Nou. Heb je de nieuwste vliegtuigformatie gezien?

"Ja meneer.

"Het heeft de hele achterkant van de divisies die tegen ons waren in Pabjanice volledig vernietigd. Lodz staat in brand en, zoals mij is verteld door het regimentscommando, zie je op de wegen voorbij Lodz alleen terugtrekkende Poolse troepen. Kolossaal! De tanks rukken op volle snelheid op en ondervinden weinig weerstand.

Hij stapte uit de Adler en liep naar Helmuth. Hij leidde een groep geniesoldaten die met aarde en cement de plaats aan het vullen waren waar een krachtige mijn was ontploft en een groot gat in de grond had gemaakt.

"Frik!

'Op uw bevel, mijnheer de commandant.

'Frick, ik heb persoonlijk met kolonel Hübner gesproken. Ik heb je genoemd in het deel van de dag. Zijn vernietigingswerk in Zvice was een grote taak. Met de dood van luitenant-kolonel Clausen, bent u de beste sloper die we in het regiment hebben, en ik heb dit gezegd.

„Dank u, mijnheer de commandant.

De ogen van de majoor waren op hem gericht.

"Wat is er met hem aan de hand? Hij is ziek?

'Nee, mijnheer de commandant. Ik ben helemaal in orde.

“Moe, net als iedereen, denk ik. Nou, het zou me niet verbazen als er binnen enkele uren een gouden spijker in hun epauletten kan worden gestoken. Ik heb het ter promotie voorgesteld.

'Heel erg bedankt, commandant.

De commandant draaide zich om en liep naar Remer.

'Is er iets mis met tweede luitenant Frick? Vroeg hij met gedempte stem. Ik wil niet dat hij nu ziek wordt. Ik heb al mijn mannen nodig, en meer als ze van jouw waarde zijn.

'Wat er met u gebeurt, commandant, kan op dit moment niet worden opgelost. Zijn verloofde bleef in Engeland zonder daar weg te kunnen. Hij heeft de klap nog niet opgevangen.

'Al. Heb je iets van haar gehoord?

'Hij had ze vier dagen geleden, toen we bij de grens aankwamen.

'Nou, het is niet lang meer en ik denk niet dat de Engelsen het zullen opeten. Het feit dat ze ons de oorlog hebben verklaard, betekent niet dat ze zich als wilden gaan gedragen.

'Volgens de radio wel, meneer de commandant.

'Radio is gemaakt voor de dwazen en voor de kortzichtigen, Remer. We kunnen het Duitse volk vertellen dat de Engelsen schurken zijn, maar dat betekent niet dat we het kopen. Laat tweede luitenant Frick dat weten.

'U moet het weten, meneer. U woont al enkele jaren in Engeland.

"Ja.

“Wat er gebeurt, is gewoon dat hij van zijn verloofde hield, niet dat hij denkt dat haar iets zal overkomen.

De commandant besloot te blijven om de werkzaamheden te versnellen. De vier uur die hij aan Remer vroeg, werden vier en een half, maar uiteindelijk, en voorafgegaan door een locomotief zonder weerstand, om de weerstand van het nieuw gebouwde gedeelte te controleren, passeerde de artillerietrein.

Remer en Frick staarden hem aan. Enorme 12-inch kanonnen, gemonteerd op platforms, kwamen langzaam voor zijn ogen voorbij. Achter elk van hen reisde de hele bemanning, zittend op hun banken, sigaretten rokend of recht voor zich uit starend.

In de schemering begon de lucht te bewolken. Een windvlaag van door de zonsondergang gekoelde wind bracht Frick in de war. Remer reikte hem een sigaret aan.

'De commandant leek een beetje bezorgd om je,' zei hij tegen haar.

"Er is geen reden.

"Jongen, je hoeft niet zo droog te zijn. Ik ben niet een van die Engelse vrienden van je die je meisje het land niet hebben laten verlaten.

Frick wendde zijn ogen diep in hun kassen naar hem.

'Hou je mond, Remer.

"Ik zal het doen.

Het laatste perron was net voor hun neus gepasseerd. Daarachter kwam een trein van troepen. Door de lucht vloog een formatie Messerschmidt laag, als een zwerm haviken.

Het regiment was bijna naar de frontlinie verhuisd. Zo dicht bij hem waren ze dat een Poolse batterij, gecamoufleerd in een bos dat werd aangevallen door Duitse grenadiers, snel op hen schoot, maar met weinig effectiviteit.

Ze hadden een landhuis bezet, zonder de boeren tijd te geven om te vertrekken. Helmuth zag ze toen ze werden weggevoerd. De vader was een man van in de vijftig, met vaste ogen, als van een vogel. De moeder, dik, bedekte haar haar met een gele sjaal, en ten slotte een kudde blonde kinderen, erg bang, die zich aan de rokken van de moeder vastklampten.

'De oorlog,' mompelde Helmuth, kijkend naar de kleinste van de kinderen, een baby van ongeveer vijf maanden, tegen de overvloedige boezem van de moeder gedrukt.

Hun epauletten waren niet meer naakt. In elk van hen glansde een gouden nagel. Nu waren hij en Remer gelijk in rang, beide eerste luitenant.

'Je hebt zojuist de dood van Napoleon ontdekt. Kom op, we kunnen hier niet blijven. Ze wachten op ons in Lodz. Dit is nu een stad, geen verdomd verlaten dorp. Alles zal er zijn, zelfs meisjes.

Hij zweeg even, onderbroken door het gebaar van zijn metgezel.

'Niemand eist dat je naar ze kijkt, maar ik neem aan dat je arme soldaten zoals wij toestaat ze te bekijken. Degene die ik tot nu toe heb gezien, waren niet genoeg om het lelijkste Duitse boerenmeisje van het hele land te verwijderen.

Helmuth antwoordde niet. Op dat moment ontplofte een Poolse granaat vlakbij waar ze waren. De soldaten vielen op de grond, hun gezichten bleek. Ze waren pas zeven dagen in de oorlog en dat maakt nog geen veteraan.

Eindelijk rukten twee Duitse tanks als monsterlijke rupsen op over het gekwelde terrein en positioneerden zich voor het bos. Er vloog een vliegtuig over, achtervolgd door de tracers van een machinegeweer. Dit weerhield hem er blijkbaar niet van om de positie van de batterij aan de tanks door te geven, want even later convergeerden de twee stalen monsters hun schoten op een bijzonder dikke groep bomen.

"Binnenkort hebben ze dat obstakel daar weggenomen", aldus Remer.

En ja hoor, de schoten van de tanks brachten de Poolse lichte batterij tot zwijgen en onmiddellijk stormde een sectie infanteristen, gewapend met mausers, handgranaten en machinepistolen, het bos in om het van soldaten te bevrijden.

Daarna was het hun beurt. Het was nodig om te ontdekken of er mijnen waren, omdat het bos werd doorkruist door een tweede-orde weg, maar waar konvooien vrachtwagens doorheen moesten.

Ze vonden geen mijnen, maar Helmuth, die naast een van de soldaten liep die de detectoren droeg, ontdekte iets anders.

Dat was overgegaan op de infanterie. Hij ving een glimp op van een geelachtig gezicht, met grote ogen, dat tussen een groep lauweren met heel groene bladeren tussen de oranje van de andere bomen uitstak.

Hij zag ook nog iets. Onder het gezicht was een geweer, direct op hem gericht.

Hij trok zijn pistool uit zijn riemholster en vuurde op de lauweren. De soldaat die naast hem liep, de detector in de hand, wierp zich op de grond, in de veronderstelling dat hij over een mijn was gestruikeld.

Het gezicht verdween. Helmuth lanceerde zichzelf in de bomen die de schutter hadden verborgen, met getrokken geweer, klaar om opnieuw te vuren.

Daar lag hij op de grond, met zijn handen voor zijn gezicht. Het bloed druppelde tussen zijn vingers en het geweer lag naast hem.

Hij was heel jong, bijna een kind. Hij was amper zestien, maar hij droeg een uniform. Helmuth riep en twee soldaten verschenen naast hem.

Frick boog zich over de jonge Pool en probeerde zijn handen van zijn gezicht weg te duwen, maar terwijl hij dat deed, viel zijn lichaam terug. Was dood.

Remer verscheen, Luger in de hand, en staarde naar het tafereel. Toen bewoog hij zijn blik naar zijn partner Frick. Het schudde hevig. Het ruwe, ruwe gezicht van Remer verzachtte.

'Ik denk dat dat met ons allemaal zal gebeuren op de dag dat we onze eerste vijand doden.

'Onze eerste moord,' zei Helmuth met opeengeklemde kaken. "Kijk eens naar dat gezicht. Was een kind. Een jongen, Remer! Kind!

Ze waren Lodz gepasseerd. Dit was geen oorlog, maar een reeks opmars werd slechts onderbroken voor een korte rustpauze, terwijl nieuwe divisies de plaats innamen van degenen die stopten om te rusten.

De Duitse tanks vonden geen vijand. Ze spreidden zich uit in een tang, vielen frontaal aan en overweldigden het Poolse leger, dat tot dan toe als goed opgeleid en effectief werd beschouwd. Natuurlijk was er een precedent voor de Russen in Finland, maar in werkelijkheid had geen van de Wehrmacht-chefs verwacht dat de Poolse campagne daadwerkelijk een militair uitje zou zijn.

Zoals het was.

Helmuths regiment had nauwelijks tijd om te helpen bij het bouwen van een brug over een rivier ter vervanging van de brug die de Polen tijdens hun terugtocht opbliezen, toen het gedynamiseerde wegen moest oplappen of terreinen moest voorbereiden voor zware artilleriestukken die moesten worden achtergelaten in de twaalf uur nadat het front had vele kilometers naar het oosten gevorderd.

Toen ze uiteindelijk vijftig kilometer van Warschau verwijderd waren, was er een korte arrestatie. De voor het genieregiment oprukkende infanterietroepen waren tot stilstand gekomen. Van waar ze een korte weg aan het plannen waren om een weg te vervangen die veel meer moeite zou kosten om te repareren, keken Helmuth en Remer hoe koeriers te paard en motor langs hen razen.

De avond ervoor was er een klein regenbuitje gevallen, een van de voorbodes van de herfst die spoedig zou beginnen. De weg lag vol plassen die de bleke zon niet had kunnen opdrogen. Rechts van hem was het wrak van een Pools gevechtsvliegtuig te zien, dat in gevecht met de Luftwafe was gevallen, in een hoop verkoold schroot veranderd.

'Wat zal er gebeuren?' vroeg Remer.

Ze benaderden de commandant, die in gesprek was met de kolonel en een groep officieren. De kolonel wees naar voren met een stijve, grijs gehandschoende wijsvinger.

"Een of andere gek" zei hij. Ik hoorde net van het divisiehoofdkwartier. Ze hebben dat bos gevuld met gekken.

De twee luitenants luisterden. Helmuths gezicht was verschroeid door een mijnexplosie terwijl ze werden gevolgd. De punten van haar blonde haar waren verbrand.

De kapitein van een lichte batterij, wiens plaats net op de bergkam was geplaatst, veegde zijn sigaret van zijn lippen en glimlachte fel. Zijn tuniek was losgeknoopt en liet zijn harige borst zien.

"Ok" zei hij. Ze zijn gek. En als dit niet je zwanenzang is, ben ik bereid tien veldrantsoenen achter elkaar te eten. Maar ik ben niet in gevaar. Het wordt zijn zwanenzang.

'Wat is er aan de hand?' vroeg Remer aan de kapitein van zijn compagnie.

'Zie je dat bos, Remer?

Hij wees naar een helder bos van berken, beuken en dennen voor hen, op een afstand van ongeveer duizend meter.

Tussen het bos en de heuvel waar ze stonden, konden ze verschillende rijen Duitse soldaten zien, verspreid in een halve cirkel. Machinegeweren glinsterden in de zon. Op ruimten van zo'n tweehonderd meter waren kleine groepjes tanks en lichte batterijen te zien.

Remer knikte.

"Nou, de luchtvaart vertelt ons dat er daar aanzienlijke cavalerietroepen zijn. Als de kloof stil werd, konden we vanaf hier het gehinnik horen van net zoveel paarden als ze in de bomen hadden opgesloten.

'Wat ben je van plan?' vroeg Helmuth heel bleek.

"We weten het niet. Wat we wel weten is dat de Poolse infanterie zich al heeft teruggetrokken, maar dat de cavalerie daar is gebleven.

Alsof er plotseling een soort wapenstilstand was geregeld, viel de kanonnade stil. En van ver, met buitengewone helderheid in de kalme lucht, was het geluid van een bugel te horen.

Helmuth pakte zijn verrekijker en keek erdoorheen. Onmiddellijk hield het bos op een donkere massa in zijn ogen te zijn om zich op te lossen in een reeks bomen met takken vol groene en rode bladeren.

Tussen de boomstammen zag hij vluchtige bliksemflitsen, maar het waren geen geweerschoten. Het was metaal dat glinsterde in de zonnestralen.

Nog een clarinazo, nog een, een waar concert, verwaterd door de afstand. En dan weer het gedonder van het kanon. De pauze was voorbij.

"Ze hebben de machinegeweren al gemonteerd", zei de artilleriekapitein terwijl hij naar de gelederen van Duitse soldaten keek.

"En wij," antwoordde de kolonel van ingenieurs, wiens grijze snor trilde van ongeduld, "hebben de beste locatie ingenomen." Heren, we hebben prosceniumboxen.

Helmuth klemde de verrekijker met zijn ogen dicht en worstelde om zijn zicht nog scherper te krijgen, wat nu onmogelijk was. Remer pakte de zijne en hield ze omhoog.

Het bos leek tot leven te komen. Het was plotseling, alsof de bomen ineens begonnen te lopen in een uitvoering van Macbeth.

Eerst een lijn, groen en bruin. De uniformen zijn groen en de paarden bruin. Helmuth zag het voortbewegen, eerst soepel en later golvend, terwijl de snellere paarden de anderen inhaalden.

En daarachter nog een blauwe.

"Ze vallen in squadrons aan", zei de kolonel van ingenieurs.

"Beter voor machinegeweren" antwoordde de artilleriekapitein, langzaam naar zijn kanonnen lopend, waarnaast de kanonniers stevig stonden, hun hoofden opgeheven, hun ogen verborgen door het vizier van de vierkante helmen.

'Gek,' zei Remer sinister. Gek. Ze vallen in dichte gelederen aan.

'Gek of suïcidaal,' antwoordde Helmuth. Haar manchetknopen werden mistig en ze haalde ze naar beneden om ze schoon te maken met een vuile zakdoek.

Er waren niet langer twee lijnen die uit het bos kwamen, maar vier. En de vijfde was in aantocht.

Een van de schutters, met een draagbare radio in de hand, bracht hem naar zijn oor. Toen gaf hij het aan de kapitein.

"Klaar" zei dit. Hij bracht de sigaret weer naar zijn lippen en boog zich over de afstandsmeter.

'De hele Poolse cavalerie is daar,' zei de kolonel. Een zweetdruppel had zich op zijn snor gevestigd en hij leek elk moment te vallen. De spanning had iedereen in zijn greep. Helmuth hoorde een zucht van naast hem. Het was Remer.

'Ga zo snel mogelijk aan de slag,' mompelde hij. Zo snel mogelijk, verdomme, begin nu. Wat verwacht je?

Nu was de vlakte voor hen een dichte polychrome massa geworden. Lansieren met hun vreemde diamanten mutsen, draken, huzaren, kurassiers, jagers te paard... Duizenden waren uit het bos gekomen en raasden als een lawine over de Duitse linies.

De grond schudde dof. Helmuth voelde het onder zijn laarzen.

'Een foto uit de tijd van Napoleon,' mijmerde de kolonel. "Heren, we zijn terug in de tijd gegaan. Die gekke mensen hebben hun gala-uniform aan.

'De zwanenzang', zei de artilleriekapitein, die het manoeuvreren op de afstandsmeter beëindigde.

'Een massale zelfmoord,' antwoordde Helmuth.

De kapitein hief zijn arm op en liet hem zakken. De drummer begon te praten.

Van rechts, van links sloten anderen zich aan bij het parlement. Helmuth keek toe hoe de granaten door de Poolse cavalerie ontploften en er open plekken in openden. Maar de ruiters sloten de rijen weer en zetten hun duizelingwekkende mars voort in de richting van de linies Duitse grenadiers. Ze naderden, ze waren nog geen honderd meter verwijderd van de eerste rij.

'En nu', zei de kolonel, 'de machinegeweren. Kom, laten we naar ze toe gaan, jongens.

Het leek alsof hij zelf de opdracht had gegeven. Rook steeg op uit de eerste en tweede linie Duitse soldaten.

Helmuth zou de manchetknopen voor geen goud uit zijn ogen hebben gehaald. Hij zag eruit alsof zijn leven ervan afhing.

De eerste rij ruiters viel op de grond, mannen en paarden klauterden in verwarde hopen. Machinegeweren schoten onophoudelijk, band na band, trommel na trommel uitputtend.

De tweede rij werd neergemaaid als een gigantische sikkel. De derde struikelde over de gevallen lichamen en vergrootte de verwarring.

'Het is afschuwelijk, het is afschuwelijk...' mompelde Helmuth als een litanie. Het is verschrikkelijk. Dat moet stoppen...

Maar het hield niet op. Nee, totdat de laatste rij mannen en paarden op de grond lag. Maar het meest verschrikkelijke van alles is dat die stapels mensen- en paardenvlees niet stil lagen. Het waren geen poppen. Het meest angstaanjagende is dat ze in beweging waren, dat je paarden kon zien die probeerden op te staan, mannen die op hun knieën wegvluchtten van de slachting.

En dat allemaal in stilte, want het gebrul van de trommels die naast Helmuth schieten, overstemde het brute gehinnik, het verbijsterende geschreeuw, het gekreun, de vloeken. Het was een stomme film die zich afspeelde voor de ogen van het publiek.

De artilleriekapitein luisterde op de radio en stak zijn hand op. De batterij stierf plotseling, maar het gebrul bleef een tijdje aan Helmuths oren knagen.

'Dit is voorbij', zei de ingenieur-kolonel plotseling. Wat gaan die mannen doen?

Zo'n vijftig soldaten waren uit de Duitse gelederen tevoorschijn gekomen, ineengedoken onder het gewicht van het apparaat op hun rug.

'Dat' zei de artilleriekapitein langzaam. Het zijn vlammenwerpers.

"Niet! De kolonel schreeuwde. Zijn mond ging open en dicht als die van een tragische pop ". Dat kan niet zijn! Wij zijn soldaten, geen slagers!

Een dikke stilte verspreidde zich door de groep mannen. Iedereen keek met verschrikte ogen naar het manoeuvreren van de soldaten, daar in de verte. Een vaandel viel op zijn knieën en begon hardop te bidden:

"Onze vader die in de hemel is...

Een brute vuurzee, vijftig tongen van vuur, barstte los uit de vlammenwerpers en ging als haken naar de lichamen van de ruiters. Een huiveringwekkend gehuil, dat als een mes door de lucht stortte...

Helmuth draaide zich om en braakte. De kolonel schreeuwde iets wat niet begrepen werd, want hij zei geen woorden, maar fragmenten van uitroepen, van vloeken, die niet ophielden.

De vlammenwerpers sneden hun straaljagers af om ze opnieuw te openen. Weer vielen de vurige vingers, de hongerige toppen van de gasstralen op die rokende massa.

'De oorlog', zei de artilleriekapitein.

'Niet van mij', antwoordde de kolonel. Niet van mij! Ik schreeuw dat dit niet mijn oorlog is! Ik schreeuw het!

"Voor wat het waard is," zei een majoor majoor, erg bleek, alsof hij ook plotseling zou gaan overgeven "Ik zal je vertellen dat ik die vlammenwerpers twee uur geleden heb gezien. De soldaten die ze droegen waren SS'ers

"Het werkt niet voor mij! "De kolonel huilde." Niemand van ons, professionele militairen, vooraanstaande specialisten! Het dient ons niet! Want wie heeft dat bevel gegeven dat het hele Duitse leger met onzin vult?

En niemand kon hem antwoorden.

Of niet wilde.

Warschau was op 29 september gevallen. Het Russische leger, dat op de 17e was begonnen met de bezetting van Polen in het oosten, rukte op om de Duitsers te ontmoeten. Gevangen tussen de twee kolossen gaf het land toe. Het nieuws van de overgave bereikte luitenant Helmuth Frick in een ziekenhuis in Warschau, waar een arm gewond door een granaatscherf werd behandeld in de strijd om de Poolse hoofdstad.

En hij ontving ook een brief, die hem werd gebracht door het Zweedse Rode Kruis. Iolande was geïnterneerd in een concentratiekamp voor vrouwen, ergens in Engeland.

En dan de winter. Dan de invasie van Denemarken en Noorwegen. De strijd om de laatste, waarbij het Duitse leger de Engelse en Franse expeditiekrachten overweldigde. Toen heel Noorwegen gepacificeerd was, droeg Frick twee spijkers in zijn epauletten. Hij was kapitein.

En hij wist ook dat Iolande op dat moment, in april 1940, al moeder moet zijn geweest, of op het punt stond dat te worden. Maar pas op 1 mei kreeg hij weer nieuws van het Rode Kruis. Daarin werd hem meegedeeld dat Iolande Zermatt een paar dagen geleden was overleden bij de geboorte van een meisje, Hermine genaamd.

Met droge ogen, maar omringd door gekwelde lijnen, slaagde kapitein Frick erin een Zweedse kolonel te zien, een vertegenwoordiger van het Rode Kruis. Hiervoor moest hij enkele procedures overwinnen, maar de hulp van de voormalige kolonel van zijn regiment, nu een brigadegeneraal, was van onschatbare waarde. De bijeenkomst vond plaats in Berlijn, in het Rode Kruisgebouw. De Zweedse kolonel ontving hem vriendelijk.

"Je weet al dat we nauwelijks specifieke informatie kunnen geven. Het is ons ten strengste verboden. We kunnen alleen persoonlijk nieuws brengen en brengen dat geen van de deelnemers in gevaar brengt.

'Maar kolonel, u was in Engeland, nietwaar?

Kolonel Gustavsson, een man van gigantische gestalte, met een droog lichaam en bezorgde trekken, staarde hem aan.

"Ja.

'Heb je in dit specifieke geval de vrouw in kwestie kunnen zien?

De vrouw in kwestie Iolande noemen, haar Iolande, leek een belachelijke beleefdheid, een aanfluiting.

"Ja.

"Waarom stierf hij?

'Sorry, dat kan ik je niet vertellen. Maar ik kan je verzekeren dat je een heel mooi meisje hebt. Een lief schepsel.

Kolonel, weigert u mij te vertellen wat de oorzaken waren van de dood van Fraülein Zermatt?

'Niet dat ik weiger, kapitein Frick. Het is gewoon dat ik ze niet ken. Het spijt me. Onze missie is...

'Breng en breng nieuws. En als ze slecht zijn, beter', antwoordde Helmuth bitter. Toen hij het verwijt in de blauwe ogen van de Zweed zag, voegde hij eraan toe.

"Neem me niet kwalijk. Je doet wat je kunt.

De kolonel kwam achter zijn bureau vandaan en legde zijn hand op haar schouder. Helmuth was lang, maar de andere was bijna twintig centimeter van elkaar verwijderd.

'Ik begrijp het, kapitein Frick. Laat me je één ding zeggen: als een van beide partijen in het geschil ook maar het minste vermoeden had dat we bevooroordeeld waren in onze missie, zou dat in gevaar komen, en veel mensen vertrouwen erop dat we dat risico nemen.

'Het spijt me, kolonel. Zou ik... zou ik op zijn minst kunnen weten in wiens handen het meisje is? En konden ze haar niet naar Duitsland brengen?

'Ik kan u zeggen dat u in goede handen bent, kapitein. In zeer goede handen. Ik heb er zelf voor gezorgd. Ik vroeg om toevertrouwd te worden aan een Zweedse familie die graag voor haar zou zorgen, een familie die in Engeland woonde, maar blijkbaar was er een Engelse familie die haar had overgenomen. Het spijt me, want die Zweedse familie had haar misschien naar mijn land kunnen brengen en van daaruit naar Duitsland kunnen brengen. Heb je een familie?

'Nee, maar ik... maar Fraülein Zermatt wel. Ik denk dat dat tenminste zo is. Ik heb al een tijdje niets meer van ze gehoord. Natuurlijk wil ik... Ik zou het meisje graag dicht bij me houden. Dat is onmogelijk tijdens de oorlog, maar dat zouden we oplossen.

'Helaas, zoals ik je al zei, had een Engelse familie haar overgenomen. Ik beloof u echter, kapitein, dat ik mijn best zal doen om het meisje naar Zweden te laten reizen. In ieder geval binnen mijn bereik.

'Dank u, kolonel.

Maar het was een Duitse kapitein, die in de kantoren van het Duitse Rode Kruis werkte, die hem het nieuws bracht dat Gustavsson hem niet had willen geven. En toen begreep hij waarom.

"Fraülein Zermatt stierf in een ziekenhuis in Cornwall", vertelde hij aan Helmuth, nadat hij de belofte had gekregen dat hij de bronnen van de informatie niet zou onthullen. " Een verpleegster verwaarloosde haar vrijwillig toen ze kraamvrouwenkoorts had, en zei zelfs dat als ze stierf, het een boche minder zou zijn en dat niemand daar iets om gaf. Ik begrijp dat de verpleegster Pools was. We weten niet of het zal hebben gesanctioneerd of niet, maar wat ik wel weet is dat niemand met ook maar het minste greintje menselijkheid dat zou doen. En weet je, ik heb niets gezegd.

Frick kwam in een automatisch tempo het Rode Kruisgebouw uit, hoofd gebogen, geest leeg. Zozeer zelfs dat hij vergat een luitenant-kolonel te begroeten en hij zette zijn voet op de grond en gaf hem een goed gevecht. Hij verontschuldigde zich en liep recht op de kazerne af. Hij onthulde aan niemand wat hij zojuist had geleerd, maar vanaf dat moment was hij niet meer dezelfde man.

Hij deed zijn plicht met ijver, bijna fanatisme, en toen enkele dagen later Duitse troepen België, Luxemburg en Nederland binnentrokken, stond kapitein Frick in de frontlinie en nam hij deel aan de afbraak van de Belgische forten. Toen de Duitsers de Atlantische Oceaan bereikten en Franse troepen, Belgen en het hele Engelse expeditieleger in een gigantische tas achterlieten, droeg Frick de gevlochten epauletten van een commandant op zijn schouders.

Toen, na 21 juni, de datum van de capitulatie van het gevreesde Frankrijk, begon een kort haakje.

"Ga zitten commandant", zei de generaal, wijzend op een stoel voor hem. Het was een mooie zomerdag. Door het raam kon je de Seine en de Eiffeltoren aan de andere kant van de rivier zien. Op straat waren weinig mensen in burgerkleding, en de weinigen die elkaar zagen, liepen snel voorbij en keken argwanend om zich heen. Parijzenaars waren nog steeds niet gewend aan het idee dat hun geliefde stad, hun Paname, bezet was door Duitsers en dat de Duitse wetten gehoorzaamd moesten worden, ondanks de correctheid en goede behandeling van de bezetter.

"Ik heb u gebeld omdat ik zeer goede referenties van u heb gehad, commandant Frick", vervolgde de generaal.

Hij was een mollige man met een gladgeschoren gezicht en dikke wenkbrauwen. Achter zijn schelpenbril glinsterden twee scherpe, doordringende ogen.

Dank u, mijn generaal.

'Je baas, generaal Curtius, heeft me verteld dat je een van de beste sloopspecialisten bent die hij heeft. Ik zal preciezer zijn: de beste.

Dank u, mijn generaal. Ik doe gewoon mijn plicht.

"Dit is niet mijn nieuws. Je gaat te ver in de lijn van je plicht. Hij zal me vertellen dat dit de plicht is van een soldaat in oorlogstijd, en ik zal hem antwoorden dat mensen die de vervulling van hun missie overtreffen, posities met grotere verantwoordelijkheid, met maximale verantwoordelijkheid, worden toevertrouwd, voeg ik eraan toe.

'Dank u, mijn generaal, maar...

De ander stak zijn hand in de lucht.

'We hebben uw dossier bestudeerd, commandant. We hebben het zorgvuldig bestudeerd, dus er zijn genoeg nutteloze protesten. U verlaat, zelfs tijdelijk, het Vijfde Genieregiment, waar u uw bekwaamheid zo zwaar op de proef hebt gesteld. Het is ergens anders nodig.

Helmut zweeg. Ik verwachtte.

'Ik twijfel er niet aan dat je je op je gemak voelt bij je voormalige kameraden, je voormalige bazen, maar het land heeft je nodig. Je bent een soldaat en je moet gehoorzamen, misschien zelfs zonder de bevelen te begrijpen.

"Ja, mijn generaal.

"Je komt terecht bij een speciale eenheid. Uw werk, commandant Frick, zal absoluut geheim zijn. Je moet er met niemand over praten, met niemand, begrijp het goed.

'Ik begrijp het, mijn generaal.

"Daar krijg je de nodige instructies, die zijn niet langer mijn zorg. U ontvangt de vrachtbrief binnen twee dagen. Die twee dagen zijn voor jou bestemd om plezier te hebben in dit Parijs dat zijn uiterlijk nog niet heeft hervonden, maar dat je ongetwijfeld veel plezier zal bieden.

'Als u het niet erg vindt, mijn generaal, wil ik zo snel mogelijk in mijn nieuwe functie komen. Ik heb die pauze niet nodig.

'Nee, nee, Frick, dit zijn ook bevelen. Rust, veel plezier. Je raakte gewond aan je arm tijdens de Poolse campagne, nietwaar?

'Ja, mijn generaal, maar dat is slechts een herinnering. IM perfect.

"Hoe dan ook, doe het. Je weet het al. Over twee dagen, op 2 juli, ontvang je je vrachtbrief. Nu...

Hij stak zijn hand uit. Frick schudde eraan, stond in de houding en salueerde stijfjes. Daarna verliet hij het kantoor.

Parijs. Voor de oorlog was hij al verschillende keren in de stad geweest. Het was een plek die hij leuk vond, maar niet nu, nu de straten verlaten waren, behalve de groepen Duitse soldaten die met de camera op hun schouders van noord naar zuid en van oost naar west reisden. Toen bijna alle theaters en uitgaansgelegenheden gesloten waren of schuchter hun deuren begonnen te openen.

Twee dagen. Wat te doen tijdens hen? Hij dacht aan Remer, maar Remer, tegelijkertijd gepromoveerd tot commandant, had zijn eigen ideeën over wat plezier is, en die ideeën pasten niet bij Helmuths gemoedstoestand.

Ja, er was iets wat hij kon doen. Het Rode Kruis. Dat Rode Kruis dat hem achtervolgde. Hij vroeg naar het adres in Parijs en diezelfde ochtend stond hij voor een torenhoog gebouw met leien daken in de rue Lafayette. Hij kwam binnen en werd begroet door een jonge Zwitsers-Duitse vrouw, met bruin haar en een aangename glimlach.

"Er is niets voor jou", zei hij nadat hij wat bestanden en lijsten had doorgenomen.

Kolonel Gustavsson, is hij niet in Parijs?

"Nee, hij is momenteel niet in Parijs.

"Ik kan het niet weten...?

"Waar is? Het spijt me heel erg, maar we kunnen die informatie niet onthullen.

'Kun je hem tenminste laten weten dat ik om hem heb gevraagd? Hij is het die op de hoogte is van mijn affaire.

'Natuurlijk. We laten het je zo snel mogelijk weten.

Hij liet de borden achter waarop ze hem konden inlichten als er nieuws was, en verliet het gebouw. Besluiteloos stond hij voor de deur. Hij was leeg van binnen en er voelde alleen een soort onpersoonlijke nieuwsgierigheid naar de nieuwe bestemming, waar hij over twee dagen zou moeten zijn.

Hij at in een klein restaurant, waar andere Duitse officieren waren, blijkbaar net zo verveeld als hij, en bracht de middag door met zwerven door de verlaten straten. Af en toe passeerde hij Duitse detachementen die over de weg marcheerden, het tempo aangaven en met hun zware veldlaarzen op het trottoir rammelden. Hij passeerde de Arc de Triomphe, stak de Trocadero over, liep over de boulevards...

En altijd met dat pijnlijke gevoel van ononderbroken eenzaamheid. Niets om aan te denken behalve Iolande en kleine Hermine... Leeft ze nog? Iolande ... dood, gedood door de verlating van een wrokkige vrouw uit het ene land die wraak had genomen op een arme vrouw voor haar wrok jegens een ander.

Beetje bij beetje sloeg de onverschilligheid om in haat. Een koude, dodelijke haat, als een zwaard. Het was nodig dat hij deze mensen pijn deed. Veel schade, zoveel mogelijk.

Helaas mocht hij de wapens niet opnemen om zich persoonlijk te wreken, maar er waren andere middelen. Niet alleen met een pistool, met een bajonet kun je degenen pijn doen die ons pijn doen. Er zijn andere middelen. Heel veel van. En hij zou er vast een vinden.

De volgende ochtend, met het vooruitzicht van weer een dag van leegte voor zich, en zich afvragend of het niet beter zou zijn om te proberen de routekaart te bemachtigen om weer aan te sluiten, ontving hij bij de kazerne, die voorlopig in Passy was geïnstalleerd, het nieuws daarvan had het Rode Kruis een boodschap voor hem. Hij verkreeg de nodige autorisatie om een auto te gebruiken en ging op weg naar de rue Lafayette. Hetzelfde Zwitserse meisje vergezelde hem.

"Ik heb iets voor je" zei hij met zijn aantrekkelijke glimlach. Het is een bericht van kolonel Gustavsson. Persoonlijk.

Helmuth stak zijn hand uit, die trilde. Het meisje gaf hem een papier. Getypt waren er verschillende regels.

"Beste commandant Frick, het spijt me u te moeten meedelen dat alle inspanningen die zijn gedaan om uw dochter in de handen van de Zweedse familie te plaatsen, waar ik u over vertelde, vergeefs zijn geweest. De familie die haar momenteel heeft heeft dit geweigerd, maar ik kan u verzekeren dat het kind perfect in orde is en wordt verzorgd alsof het de echte dochter van het paar is. Ik hernieuw mijn gevoelens voor het mislukken van de onderhandelingen en ik blijf aandachtig voor u. Sven Gustaafsson. "

Het wezen... dat wil zeggen, Hermine, zijn dochter. Frick verfrommelde het papier tussen sterke vingers. Het Zwitserse meisje keek hem medelijdend aan.

Slecht nieuws, commandant? "Ik vraag.

'Ja,' antwoordde hij afwezig. "Voor de Engelsen.

"Hoe, commandant? t

"Nee niets.

Weer de Engelsen. De familie die het heeft... weigert het terug te geven. Maar met welk recht?

Waarom kunnen ze van een klein meisje houden? Wat proberen ze ermee te doen? Wraak op mij nemen omdat ik Duits ben?

Zijn ogen gloeiden van een vlam die de jonge vrouw deed schrikken.

'Kunnen we... kan ik u ergens mee helpen, commandant?

"Nee, dank u wel.

Met moeite kwam hij tot zichzelf.

"Het spijt me. Nee, heel erg bedankt, ik denk niet dat je me kunt helpen. Of... Misschien wel. Ik moet Parijs verlaten en misschien kan ik op de plaats waar ik heen ga niet ontvangen nieuws, als die er is. Zou u zo vriendelijk willen zijn ze naar generaal Von Berthold op het militaire hoofdkwartier in Parijs te sturen? Hij zal weten hoe hij ze bij mij kan krijgen.

'Natuurlijk ben ik dat, commandant.

Het meisje maakte een snelle aantekening op een blocnote en keek naar hem op.

'Ben je eenzaam, commandant?' vraag ik.

"Erg eenzaam.

Er was een uitdrukking van medeleven in de bruine ogen. Als het beeld van Iolande en die dochter die hij niet kende niet constant voor de ogen van Helmuth was geweest, zou hij de jonge vrouw hebben gevraagd of ze ook alleen was en of ze hun eenzaamheid niet konden verenigen, de precieze tijd om te dineren en naar een theater te gaan . Ze zou waarschijnlijk ja hebben gezegd. Maar Helmuth schudde gewoon zijn hand, zwaaide en liep weg. Ze zag hem met enige teleurstelling weggaan. Die commandant was zo jong en knap in zijn grijsgroene uniform... Hij zag er zo ongelukkig uit... Met een zucht draaide hij zich om naar een Franse vrouw die was gekomen om te vragen naar haar zoon, een gevangene in Duitsland.

De lange kolonel, die een witte kiel over zijn uniform droeg, wees met een uitgestrekte vinger.

De zee, de ruwe zee van het noorden, scheen in het licht van een bleke zon. Maar op plaatsen waar het zonlicht hem geen pijn deed, leken de rimpelingen de kleur van ijzer. De golven vielen de betonnen promenade aan.

'We zullen het snel te weten komen,' zei hij met zwaar onderdrukte opwinding. Het zag eruit als een symbolische figuur, zijn arm uitgestrekt, afgetekend tegen de grijze golven.

In de buurt van waar de groep mannen zich bevond, waren verschillende kazernes, met elkaar verbonden door betonnen gangen. De kolonel gaf zijn gebaar op en sprong een stukje van de steiger af.

'Kom op,' beval hij.

Hij schreed, gevolgd door de groep agenten. Helmuth wierp nog een laatste blik op zee, in de richting van waar de steiger eindigde. Iets verder van de steiger lag iets dat op een doos leek. Maar het was niet zo'n, maar een betonnen platform, met lange metalen voeten verzonken in de levende rots.

Bovenop het platform was een soort vierhoek, ook van beton en staal, die vier hoge muren vormde, met een dikte waarvan Helmuth wist dat hij vijftig centimeter was. Vijftig centimeter dik van het beste cement gemaakt in Duitsland.

Een dikke kabel verbond het platform met het vasteland. Twee van de mannen in witte jassen hadden die kabel net aan een laagspanningspaal vastgemaakt.

Ze gingen de eerste van de kazerne binnen. Een reeks apparaten besloeg drie van de zijkanten ervan. Voor hen waren tafels met meer gadgets. Andere mannen, sommigen in uniform en anderen in gewaden, bewaakten de apparaten.

Helmuth liep naar een van de tafels en keek in een manometer.

"Klaar? Vroeg de kolonel.

'Klaar, mijnheer de kolonel.

De blikken van de mannen waren op hem gericht. De kolonel stak een arm in de lucht.

"Eerste fase" beval hij.

Helmuth liet een hendel zakken en de meter schudde een beetje.

"Tweede fase" vroeg de kolonel.

"Ja meneer.

Hij liet nog een hendel zakken en de meter bewoog weer. Deze keer was het handvat heel dicht bij een rode streep.

"Nu, derde fase!

Het handvat reikte tot aan de rode streep.

De kolonel keek met een verrekijker uit een van de ramen. Plots schudde het stapelhuis, de fundamenten leken te bewegen en Helmuth greep de rand van de tafel. Een oorverdovende explosie schudde de onderste lagen van de atmosfeer.

"We hebben het gedaan! "schreeuwde de kolonel." We hebben het gedaan!

Een collectieve hoera! het ontplofte in de kazerne. Helmuth verliet zijn tafel en liep naar het raam, een eenvoudige nis zonder glas, voorzien van een stalen rooster.

Hij keek uit over de zee, over de schouders van de andere mannen die zich verdrongen om te zien.

Het betonnen platform was verdwenen. Rond waar het eerder was, raasden de golven langs de steiger.

Er bewoog iets woedend in Helmuths borst. Ik was daar. Daar had hij zoveel maanden op gewacht. Die vreselijke, kolossale kracht die een hele constructie van staal en beton had doen oprijzen en bijna in de lucht had vervluchtigd.

De agenten keken elkaar in de ogen en schudden elkaar koortsachtig de hand. Hun monden bleven openstaan in een stereotiepe glimlach.

De kolonel schreed naar de deur met zijn stevige, vogelachtige stappen.

Kom op, heren. Dat zullen we zien.

Er begon een fijne regen te vallen, maar het kon ze geen van beiden schelen. Hun blikken waren gericht op het einde van de steiger. Ondanks het feit dat verschillende van die officieren een hogere rang hadden dan hij, haalde Helmuth de kolonel in en rende naar hem toe. Hij had er bepaalde rechten op en iedereen herkende het op die manier.

Toen ze het puntje van de promenade bereikten, stopten ze. De fijne regen verhinderde een perfect zicht; maar er was ongetwijfeld voor hen een stalen staaf, die uit het oppervlak van de zee tevoorschijn kwam.

'Alsof het door een mes is gesneden', zei de kolonel. 'Alsof het netjes was gesneden.

Helmuth was zo dicht bij de rand dat hij kon kijken dat de kolonel zijn mantel pakte.

Wat wil je, Frick, om een bad te nemen in dit ijskoude water? Kom op, kom op, ga terug.

De agenten hadden zich om hen heen verzameld. Ze zagen er allemaal uit alsof dat het enige was wat ze konden doen.

'Dit is werk voor duikers', zei de kolonel. Gottlieb, pak er twee en laat ze het materiaal proeven. Laat het uiteinde van twee van de stalen balken afzagen en breng ze naar het lab. Lukt het je vanmiddag?

"Ik denk het wel, kolonel," antwoordde Gottlieb, luitenant-commandant van de marine. Voor het donker hebben we de monsters.

'Laten we dan gaan. Frick, kom met me mee.

Kolonel Stiller had een klein kantoor in de tweede van de kazerne. Hij ging achter zijn bureau zitten en pakte een handvol papieren.

'Geef me de exacte cijfers, Frick. Welke spanning?

Frick las hem zijn aantekeningen voor, terwijl de kolonel ze controleerde met de zijne. Toen ze klaar waren, hief hij zijn hoofd op.

"Het is oké. Vrijwel hetzelfde. Mijn God, we hadden het veel eerder kunnen doen als de media niet zo ellendig met ons hadden gemarteld.

Maar in het licht van deze tests zullen ze moeten buigen. Ze zullen geen keus hebben.

'Ik hoop het, kolonel.

'Nou, Frick, ik wil je zeggen dat je geweldig werk hebt verricht en dat ik het onze bazen zal laten weten.

'Ik heb mijn plicht gedaan, kolonel.

'Ik weet het, we hebben het allemaal gedaan, maar je hebt het overdreven. Zonder uw medewerking hadden we polygoon nummer één vandaag niet zien exploderen. Jij was het die de exacte hoeveelheid component X-34 en de drie afwisselende fasen voor de explosie aangaf.

Hij zag het gebaar van Helmuth.

'Nerd. Als je de godin per ongeluk aanklaagt, doe het dan niet. Toeval bestaat niet in modern onderzoek. Ze zijn nu voorbij. Zeg tegen de agenten dat we vanavond feest gaan vieren.

Zijn kleine oogjes flitsten achter de bril.

"Gelukkig hebben we champagne. De Franse wijnhuizen hebben zich samen met hun leger aan ons overgegeven. Ga naar commandant Gottlieb en laat uw materiaalherstelwerk vandaag afronden.

Die nacht verzamelden alle officieren zich in barak vier, in de eetkamer. Kolonel Stiller zat aan tafel, zijn ogen glimmend, zijn bril glimmend en zijn magere militaire onderscheidingen glimmen.

De wachtende soldaten brachten de emmers in wiens buik de flessen rustten. Stiller nam de eerste.

'Pomméry van 1914, heren. Is dit niet een echte blunder?

'Ik betwijfel het, kolonel, tenzij uw vooruitziende blik toeval wordt genoemd,' antwoordde Gottlieb.

"We gaan proosten op het succes" antwoordde de kolonel tevreden met de vleierij. heren.

Ze kwamen overeind, hoge hakken kletterden. Een kapitein ontkurkte de flessen één voor één en vulde de glazen opnieuw, die overvloeiden van vreugde. Ze dronken en dronken nog eens.

'Heren,' zei kolonel Stiller, terwijl hij zijn lippen afveegde met zijn servet. Dit is een geweldig moment voor ons, maar vooral voor het Duitse thuisland, wiens nederige dienaren we zijn. Onze inspanningen van meer dan een jaar zijn met succes bekroond. Een gedeeltelijk succes natuurlijk, want we hebben ons doel nog niet helemaal bereikt, maar een podiumsucces dat ons confronteert met de mogelijkheid om het werk in korte tijd af te ronden.

"Ik hoop dat we nu niet onderhandelen over de middelen om dat te doen", antwoordde een luitenant-kolonel met een dik gezicht dat rood was van de drank.

'Heren', zei de kolonel. Ik heb met Hamburg gebeld. Een lange persoonlijkheid, wiens naam ik u te zijner tijd zal onthullen, gaat dit kamp zeer binnenkort bezoeken.

"Hoera!

'Ik hoef u niet te vertellen wat u van dit bezoek kunt verwachten. Eindelijk hebben we het bewijs in handen dat onze inspanningen op de goede weg waren. Degene die we de X-34-component noemen, het meest kolossale destructieve principe dat ooit in de handen van de mens is gegeven, wacht op onze bazen om ons te vertellen: "Ga je gang met hem."

"Hoera!

'Commandant Gottlieb, wilt u de heren vertellen in welke staat de monsters van het materiaal dat na de explosie uit zee is genomen, zijn gevonden?

'Met genoegen, kolonel. Het grootste stuk cement dat mijn duikers vonden was minder dan een halve kubieke meter. De stalen balken zijn aan de uiteinden netjes doorgesneden. Een volgend microscopisch onderzoek zal ons meer details geven, maar op het eerste gezicht lijkt de breuk glad en zijn symptomen van gieten. Binnenin de blokken is het staal gedraaid.

'En het platform,' eindigde kolonel Stiller, was vijfentwintig meter lang, evenveel breed en tien meter diep. Ik laat de berekeningen aan u over, heren, om het vernietigde testmateriaal te kennen.

Hoera! perfect getimed overstemde hij zijn woorden. Hij stak een hand in de lucht.

"En nu, heren, wil ik dat we, net als ik, proosten op een van onze collega's, een man die als een van ons heeft gewerkt, maar dankzij zijn ijver, dankzij zijn, laten we zeggen, genialiteit! Deze uitstekende resultaten zijn mogelijk geweest. Heren, laten we het glas heffen voor commandant Frick.

Helmuth bleef zitten, terwijl de anderen opstonden, hun bril hieven en hem aanstaarden. Zijn gezicht was uitdrukkingsloos, zijn pupillen voor hem gefixeerd, in een houding die kolonel Stiller bescheiden leek.

Maar het was geen bescheidenheid die Helmuth Frick voelde. Dat was niet de heersende gedachte. Het was van vreugde, een koude, beredeneerde vreugde, de vreugde van iemand die na een lange tijd zijn inspanningen gekroond ziet, iets bereikt waar hij vurig naar heeft verlangd.

Engelsen, dacht hij, terwijl het gejuich elkaar opvolgde. "Engels, je tijd is gekomen."

Het leek hem alsof hij de menigte kantoormedewerkers met hun paddenstoelen en paraplu's naar de stad zag gaan, de sprekers in de openbare parken, de vreedzame boeren ... Al die menigte, die hij zo veel had gekend en die hij was gekomen om in een andere tijd te waarderen, was voor hem geruild in zoveel afschuwelijke dekens, dorstig naar wraak, vol haat, die Iolande had achtergelaten om te sterven door haar in de handen van een wrokkige vrouw te plaatsen.

En het waren al die maskers die aan de beurt waren om te lijden. Niet alleen Iolande zou hebben geleden.

Hij herinnerde zich de zomer van vorig jaar, toen Duitse vliegtuigen over Engelse steden stroomden, het gevoel van vreugde dat hem overspoelde toen hij hoorde van dorpen die door de Luttwaffe waren verwoest, de Stuka's die als haviken op de grond neerstortten. het afslachten van straten, pleinen en snelwegen, de gigantische bombardementen die systematisch hele buurten vernietigen.

Ja, dat alles had hem in de zomer van 1940 met vreugde vervuld, maar met een vreugde die werd verzacht door het gevoel dat dit nog weinig was voor een volk dat Iolande had laten sterven. Dat hij haar praktisch had vermoord.

En nu had hij het wapen in zijn handen waardoor ze nog meer zouden lijden. Zijn pijn, die van hemzelf, was zo diep in hem begraven, zonder een uitweg te vinden, nooit geprobeerd iemand in vertrouwen te nemen, dat er momenten waren waarop het hem leek te verdrinken.

Maar het zou hem niet verdrinken.

Nee, wat was nu het wapen.

De kolonel sprak verder. Hij was geen militair van beroep, maar een uitstekende natuurkundige die gekleed was in een uniform. Daarom had hij geen bedenkingen bij het prijzen van zijn ondergeschikte.

"Dankzij hem hebben we de exacte afmeting van het X-34-onderdeel kunnen vinden, dat we nog steeds bij die naam moeten noemen, terwijl het geheim van de fabricage absoluut moet blijven.

'En dat ik voorstel', zei de luitenant-kolonel, 'dat hij voortaan Stillerita heet.

Een golf van plezier spoelde over het droge gezicht van de kolonel.

'Niet dat' zei hij zwakjes. Ik ben alleen...

"Zijn ontdekker," antwoordde Helmuth, die plotseling stond, glas in de hand. "Er is daarom geen andere persoon wiens naam meer verdient om de X-34-component te dragen. Ik stel voor dat, als we in officiële documenten doorgaan met het noemen van dit revolutionaire explosief met die onbekende letter, we het onder ons zouden moeten weten door de naam die luitenant-kolonel De Beaumont heeft voorgesteld: Stillerita.

De Hoera! het was onweerstaanbaar. Er waren nieuwe toasts, maar Helmuth deed er alleen fysiek aan mee. Zijn gedachten waren ver verwijderd van dat vissersdorpje in de Noordzee, in de Holstein.

Helmuth kon begin oktober een korte trip naar Hamburg maken. Kolonel Gustavsson had hem een briefje gestuurd waarin stond dat hij hem wilde spreken. Hij vroeg Stillers toestemming, die hij met tegenzin verleende. Hij had zijn assistent nodig en was bang dat het bezoek van de "Hoge Persoonlijkheid" zou samenvallen met het verlof; maar toen Helmuth hem vertelde dat het maar twaalf uur zou duren om naar de Hanzehoofdstad te verhuizen, gaf hij het op.

Voor het eerst in de geschiedenis van de oorlog had de Engelse luchtvaart de stad gebombardeerd. Het was een kleine aanval geweest, maar de effecten waren op sommige straten zichtbaar. Hele huizen werden verwoest en lieten hun ingewanden zien, en de bevolking had, verrast, genoeg slachtoffers geleden.

Maar het maakte Helmuth niets uit, alleen objectief. Hij had andere dingen aan zijn hoofd.

De kolonel wachtte hem op in een klein gebouw waarin het Duitse Rode Kruis was gehuisvest. Hij zag er nog magerder uit en diepe kringen onder zijn ogen vernauwden zijn oogleden. Hij schudde Helmuth de hand en kwam meteen ter zake.

'Ik heb uw dochter gezien, commandant.

Helmuths hart stopte bijna met kloppen.

"Wat... hoe gaat het met hem?

'Perfect, perfect, commandant. Ze is een prachtig klein meisje dat nu... anderhalf jaar moet zijn?

"Ja meneer.

Er spookte een domme vraag door Helmuths hoofd. De Zweedse officier scheen het te raden.

'Ik kende uw moeder niet, commandant, maar ik ken u wel. Ik kan u verzekeren dat hij een buitengewone gelijkenis met u vertoont. Vat het niet op als een compliment, wat op dit moment absurd zou zijn. Het lijkt erg op jou.

Dank u, kolonel. Het is gezond? Broedt het goed?

"Dat vertel ik je al perfect. De familie die haar heeft, zorgt goed voor haar. Ze is afgelopen zomer naar het veld gestuurd om hem te ontwijken... om het gevaar van de bombardementen te vermijden', voegde hij er met een lichte aarzeling aan toe.

"Begrijp je. Heeft het bombardement daar veel schade aangericht?

'Het spijt me, commandant Frick, maar u mag mij die vraag niet stellen. We zijn bezorgd om de mensen, niet om de resultaten van de oorlog. Wat u van mij vraagt, botst met ons standpunt van absolute neutraliteit.

"Begrijp het. Wat betreft het meisje...

"Ik heb geprobeerd ze zover te krijgen dat ze hun zending naar Noord-Amerika toelaten, zoals ze met zoveel duizenden Engelse kinderen doen. Ik moet bekennen dat de familie die haar heeft, heeft geweigerd haar te laten gaan. Ze schijnen dol op haar te zijn.

'Zo lief dat ze je niet op een plek willen laten wonen waar geen gevaar is, toch? vroeg Helmuth streng.

'Bekijk het niet vanuit die hoek, commandant.

'Nou, van welke moet ik het bekijken? In de Verenigde Staten, dat een neutraal land is, zou het worden beschermd tegen bommen ...

Hij zag of dacht het antwoord in de uitdrukking van de kolonel te zien. Ja, beschut tegen Duitse bommen, moet hij denken. Van de bommen van zijn vaders landgenoten.

Het was droog gesneden.

'Nou, dan rest mij alleen nog om u te bedanken, kolonel. U bent buitengewoon attent voor mij geweest, aangezien veel mensen de diensten van het Internationale Rode Kruis nodig hebben.

'We doen wat we kunnen, commandant. Het is onze plicht. Er is veel lijden, en als we maar een beetje kunnen verlichten... we beschouwen onszelf als gelukkig.

"Nogmaals bedankt.

'Ik zal u op de hoogte houden in het geval van een nieuwe gebeurtenis, commandant.

"Bedankt.

Helmuth schudde hem de hand en verliet het gebouw. In het transportcommando kreeg hij een auto, via de speciale pas die ze hem hadden verstrekt voordat hij de vergunning kreeg. Daarin legde hij de schaarse honderd kilometer af die hem van zijn basis scheidden.

Kolonel Stiller wachtte op hem in het testlab, een kelder gebouwd van twee meter dikke betonnen muren, verweven met dik gaas. De beluchting werd geproduceerd door krachtige ventilatoren die de rook en de lucht verdreven die werd gebruikt door gaten die slim in een kleine klif waren geboord om niet de aandacht van de Engelse vliegtuigen te trekken.

'Ah, Frick, ik ben blij dat hij nu terug is. Heb je je probleem opgelost?

'Voor een deel wel, kolonel.

"Ik ben blij. Frick, ik heb je idee bestudeerd. In principe lijkt het me goed, maar we zullen nogal wat moeite hebben om het X-34-onderdeel, de Stillerita, te bevestigen, zoals je zo vriendelijk bent drong aan op het dopen van het "toegevoegd met blozend plezier", aan de kleine granaten.

In het laboratorium was roken verboden. De kolonel haalde een sigaret te voorschijn, keek naar het verbodsteken en pakte Fricks arm.

'Laten we naar buiten gaan. Als ik geen sigaret rook, heb ik een paar uur geen zin meer. Kom mee.

Ze waren op de klif. Arbeiders en soldaten bouwden een nieuw platform op het puntje van de steiger. Enorme stalen buizen waren ingebed tussen de rotsen op de bodem van de zee, die later zouden worden gevuld met cement om het platform te ondersteunen.

Kolonel Stiller blies een paar rookwolken de zee in, half bedekt met mist.

"Aangezien ons oorspronkelijke doel was om Stillerite te gebruiken als explosief voor de sloop, had niemand van ons er nog aan gedacht om het te gebruiken voor kleine tactische wapens. Niemand van ons behalve jij natuurlijk.

"In de herinnering die ik onder uw aandacht heb gebracht...

'Ja, ja, ik weet het, Frick. U heeft de aanpak gepresenteerd zoals u die ziet. En het lijkt op een bepaalde manier te doen, maar er is een overvloed aan details, waar je heel kort overheen bent gegaan. Het zijn die details waar ik het over heb.

Hij pauzeerde.

"En als we dat plan willen presenteren aan de heren die het bewijs komen zien, hebben we een verlenging nodig.

Helmuth staarde naar de zee.

'Die details, kolonel, staan ter beschikking van de heren van Berlijn op het moment dat ze erom vragen.

"Dan heb je ze al opgelost...

'Bijna helemaal, mijnheer de kolonel.

"Ik feliciteer.

Er viel een gênante pauze en Helmuth wendde zich tot zijn meerdere.

'Ik heb er nooit aan gedacht, meneer de kolonel, om mijn hele plan aan iemand bloot te leggen zonder dat eerst aan u te doen. Deze reis was de enige reden om het niet al aan mijn meerdere te hebben blootgelegd.

Kolonel Stiller zuchtte opgelucht.

Begrijp mijn standpunt, Frick. Het hoofd van een onderzoek moet te allen tijde gereed zijn om details te verstrekken die de opdracht van hem kan verlangen. Maar u zult zien dat ik niet heb onderhandeld over alle verdiensten voor getuigen.

'Mijnheer de kolonel, ik ben er niet onwetend van en daarvoor ben ik u dankbaar. We zullen het vanavond bestuderen, als je het niet erg vindt.

"Geen, geen.

Hij stak zijn hand uit, die Helmuth schudde. Hij had een psychologische overwinning behaald. Zonder de kolonel een duwtje in de rug te geven, had zijn superieur hem immers laten zien dat hijzelf degene was die echt essentieel was voor de baan.

En dat was heel belangrijk voor hun projecten.

De 'Hoge Persoonlijkheid' waren er eigenlijk twee. Een stafgeneraal en nog een van de SS, die rechtstreekse orders van de Führer zelf ontving.

Toen ze arriveerden, in een zwarte Mercedes, onder begeleiding van vijf andere auto's en zes of zeven onderofficieren, was het nieuwe perron klaar. Het regende en het was erg koud.

Ze werden begroet door kolonel Stiller, die zijn assistenten vroeg. Eerst kregen ze de ontwerpen van het platform te zien en werden ze zo snel mogelijk geïnformeerd over de voortgang van de werken, rekening houdend met het feit dat geen van beiden een specialist was.

Ze onderzochten alles met grote koelheid, vooral de generaal van de partij.

Dit was de eerste die sprak, blijkbaar beweerde hij het hoofd van de missie te zijn.

'Wees niet verrast door ons gebrek aan enthousiasme, kolonel Stiller,' zei hij. Een jaar lang hebben we niets anders gedaan dan dit soort laboratoria te onderzoeken waarin we er zeker van waren het wapen te hebben gevonden dat in staat is onze vijanden in één keer te verpletteren.

'Ja, meneer,' antwoordde de kolonel, terwijl hij een schuine blik wierp op Helmuth, die een beetje uit elkaar stond, zoals het zijn afstuderen betaamde, en die alleen naar voren kwam als verduidelijking van een technisch detail dat vereiste.

'Om deze reden moeten we, voordat we ons in de een of andere richting uitspreken, het bewijs zien dat u, kolonel, ons heeft aangekondigd.

De stafgeneraal had, terwijl de ander sprak, de ontwerpen van het platform en de rapporten over het materiaal dat na de eerste explosie was verzameld, gadegeslagen. Hij keek omhoog.

'Wanneer u maar wilt, kolonel Stiller.

"Ja, mijn generaal.

Er was een betonnen toren geplaatst, met ramen en geen glas, maar beschermd door sterk stalen gaas. Elk van de stamhoofden was voorzien van een verrekijker en beklom de toren.

"Commandant Frick is degene die het experiment zal leiden," zei Stiller.

"Laten we geen tijd meer verspillen", merkte de SS-generaal op, "Je kunt beginnen wanneer je maar wilt.

Helmuth was op zijn post. Hij keek naar de gadgets die zijn tafel bezaaid hadden, veranderde een of twee manometers, meer om indruk te maken op de pas gearriveerde agenten dan omdat hij het echt nodig had, en wachtte op het signaal.

'Ben je niet een beetje nerveus? Vroeg Gottliet, de luitenant-commandant.

"Absoluut. Alles komt goed.

"Ik beken dat ik niet zou willen falen in het bijzijn van hen. Het nieuws gaat rechtstreeks naar het hoofdkwartier van de Führer.

"Er zal geen mislukking zijn.

Boven de instrumententafel ging een groen lampje branden. Helmuth zette zich schrap. Zodra het rood werd, zou het tijd zijn om de hendels te laten zakken.

Rood.

Helmuth greep de eerste hendel en liet hem zakken. Toen, met wat Gottlieb irritant vond, deed hij hetzelfde met de tweede. Eindelijk de derde.

Opnieuw schudde de grond en de meters schudden. De drinkwatertank ontplofte, waardoor het water op de grond viel en een van de pas aangekomen agenten sprong.

Het platform was gevlogen.

De Berlijnse missie bleef op de experimentele basis totdat de gedeeltelijke analyses van de vernietigde materialen bekend waren. De generaal van de staf kon zijn tevredenheid niet bevatten.

"En dit is bereikt met slechts ...

'Tien kilo Stillerita,' antwoordde Helmuth kalm, anticiperend op kolonel Stiller. "Tien kilo en tweehonderd gram, precies.

'Ik feliciteer u, kolonel,' antwoordde de generaal van de staf, terwijl de SS'er een stuk cement tussen zijn vingers hield, veranderd in een poreuze massa die meer op puimsteen leek. " Dit betekent dat met... Heren, we zullen zo snel mogelijk met de stafchefs spreken. Zoiets zal uw aandacht trekken boven alle andere projecten.

Hij wendde zich tot Helmuth.

'Ik feliciteer u ook, commandant EN... denkt u dat dit tactisch kan worden gebruikt?

"We bestuderen het met grote belangstelling en snelheid", antwoordde hij.

'Perfect. We zullen u zo snel mogelijk informeren over wat het hoofdkwartier van de Führer heeft besloten. Kunnen we de plannen zien om van dit explosief een tactisch wapen te maken?

'Natuurlijk. Als de generaals zichzelf dienen, volg ons dan...

Half oktober werd op de experimentbasis het bevel ontvangen dat kolonel Stiller en majoor Frick zich moesten melden bij het hoofdkwartier van de Führer in Berlijn.

De kolonel beefde als een boomblad.

Zie de Grote Man, zelfs van veraf. Om misschien door hem te worden ontvangen... 'stotterde hij.' Zo'n grote eer...

'We zullen zien, zeker,' antwoordde Helmuth koeltjes.

Op dat moment dacht hij aan die duizenden Poolse soldaten die waren gesneuveld en overgoten met brandende olie en zuurstof. En door een gemakkelijke associatie van ideeën zag hij de duizenden kantoormedewerkers in de City, in Londen, met hun bowlers en paraplu's, op straat liggen, misschien vervluchtigd door de X-34-component. Zijn gezicht verhardde.

'We moeten ons voorbereiden, kolonel. Wie krijgt de leiding over het proefstation?

'Lehman natuurlijk. Ik moet je instructies geven...

'Ik zal het doen, kolonel.

De volgende dag waren ze in Berlijn. Ze werden niet ontvangen door de Führer, maar door maarschalk Halder, met zijn assistenten. Halder was al op de hoogte van de resultaten van het experiment. Ze vonden in hem een behendige, ontvankelijke geest die voor het probleem in het algemeen zorgde en de details aan zijn assistenten overliet.

'Hoe lang denk je dat het duurt om die... Stillerita om te zetten, toch? in een tactisch wapen dat aan het Russische front en elders kan worden gebruikt?

Achter zijn woorden zag Helmuth, die niet zenuwachtig was zoals kolonel Stiller, het noodlottige woord: 'achterhoedebombardement'.

'Het werk vordert met grote regelmaat... en aan de andere kant zijn er enkele duidelijke nadelen...' sputterde de kolonel. Hij wendde zich tot Frick alsof hij om hulp vroeg. De commandant deed een stap naar voren, zijn handen vastgelijmd aan de naden van zijn hielen.

'Zes maanden, meneer maarschalk.

"Zo veel?

"Ja, maarschalk.

"Wat is het grootste nadeel?

"De fabricage en plaatsing van de drietakt escoleta, zonder dat de Stillerite explodeert. Het is een zeer delicaat mechanisme.

'Bent u degene die de fabricage van die ontsteker leidt?

"Nee, meneer, want de productie is nog niet begonnen. Maar ik help Mr. Kolonel Stiller bij het project van de bouw ervan.

'Hoor je bij de Oorlogsschool?

'Nee, meneer maarschalk. Ik behoor tot het reservaat.

"Nu al.

De maarschalk overlegde kort met enkele generaals om hem heen. Toen wendde hij zich tot Helmuth.

"Over vijf maanden zijn de werken klaar.

"Meneer maarschalk...

Helmuth leek het van Stiller te hebben overgenomen. Hij leek niet in staat om met zulke verheven karakters om te gaan.

Halder stak zijn hand in de lucht.

'Nee, commandant. Duitsland heeft dat wapen over vijf maanden nodig, niet zes.

'We zullen doen wat we kunnen, meneer maarschalk.

"Ze zullen meer doen dan ze kunnen. En in die tijd zullen ze het af hebben. Ik vertrouw op jou.

Hij schudde hen beiden de hand, die een diepe buiging maakten. Daarna beëindigde hij het interview.

Toen ze terugkeerden naar de experimentele basis, keek Stiller verbijsterd.

'Vijf maanden, Frick... onmogelijk. We kunnen het in die tijd niet af hebben.

'Het is een bevel, kolonel. U hebt de maarschalk, chef van de generale staf, al gehoord.

"Maar Frick...

'We zullen het hebben, kolonel. En je kunt die epauletten verwisselen voor een dubbele gouden vlecht.

'Geloof me, dat is niet wat me drijft, Frick. Het is uitsluitend de verantwoordelijkheid ... Als er iets niet lukt in uw berekeningen, in uw projecten ...

Hij had een ongepaste start van een militair, maar heel typerend voor de wetenschapper die hij werkelijk was.

'Jij bent degene die het project moet leiden, Frick, niet ik!

'Met alle respect, ik zal u zeggen, kolonel, dat dit onzin is. Jij was het die component X-34 vond, niet ik. En daarom draagt het zijn naam. We zullen het redden.

En kijkend naar haar koppige profiel, haar ogen hard en afstandelijk op dat moment, realiseerde Stiller zich dat, als het mogelijk was, de man naast hem het zou doen.

Het waren vijf maanden van uitputtend werk. Frick controleerde zijn berekeningen keer op keer, bekeek de projecten, herwerkte de klus keer op keer, totdat hij uitgeput was en zijn medewerkers uitgeput waren.

Ondertussen wachtten de Duitse troepen, die in hun zegevierende offensief waren gestopt door de Russische winter, op de komst van de lente om de laatste, de dodelijke slag aan de Sovjets toe te brengen ...

En Japan vernietigde de Amerikaanse ploeg in Pearl Harbor en de Verenigde Staten gingen de oorlog in ...

En de schommel ging door in Noord-Afrika.

En de Japanners grepen Insulindia, domineerden de Engelse macht in Malakka en zwaaiden met hun vlaggen met de rode zon over de Stille Oceaan. Eindelijk, in maart, op de 5e, na een nacht waarin niemand sliep, werd de eerste tactische bom, van zeer klein kaliber, door een Duits vliegtuig gedropt op een bewegend doel in de Noordzee. Het bewegende doelwit verdween, verpulverd.

Kolonel Stiller kon het schudden van zijn handen niet beheersen toen het vliegtuig terugkeerde naar de experimentele basis, en de resultaten waren bekend. De piloot, zich niet bewust van wat hij had vervoerd, juichte.

"Kolossaal", zei hij. Gewoon kolossaal. Door middel van de stuwraketten kon ik de bom bijna in het midden van het bewegende doel plaatsen. Het was alsof een hand plotseling het doel had gewist. Ik heb het precies in het centrum zelf, denk ik. Hebben we er niet veel om de Engelsen te leren hoe ze een oorlog kunnen winnen?

'Dat zullen we doen,' zei Helmuth droogjes. En in de tussentijd, luitenant, als u hier ook maar één woord van zegt, zelfs niet tegen uw eigen teamgenoten, zal de marechaussee ervoor zorgen dat u nooit meer indiscretie begaat.

"Ja, mijnheer commandant" antwoordde de ander heel bang.

Op de 7e verhuisden Helmuth en Stiller terug naar Berlijn. Maarschalk Halder hield samen met de Führer het Russische front in de gaten. Het was zoals gewoonlijk niet bekend wanneer ze zouden terugkeren.

'Ik weet niet of ik het kan weerstaan,' zei Stiller, zenuwachtig in zijn handen wringend. Voor mezelf zou ik nu teruggaan naar de experimenteerbasis om te beoordelen ...

'Er valt niets te controleren, kolonel, en dat weet u maar al te goed,' antwoordde Helmuth. Alsjeblieft, kolonel, we moeten kalm blijven.

"Het is die kracht die we hebben helpen ontwikkelen... Het is zo onheilspellend... Tot nu toe, bezorgd over de technische details...

Hij wierp Helmuth een zijdelingse blik toe. Ze zaten allebei in de eetkamer van het Terminus Hotel en aten een afschuwelijk alternatief voor koffie en jam dat rechtstreeks uit de maceratie van dennennaalden leek te komen.

"... Misschien hebben we de menselijke factor niet beoordeeld ... Misschien zijn we vergeten hoe we het gaan gebruiken ...

Helmuth keek hem zwijgend aan, zijn lippen op elkaar geklemd.

"Begrijp goed, Frick, dat ik helemaal niet degene ben die onze superieuren bekritiseert, dat idee is niet eens in me opgekomen, maar ... Deze kracht zou zo nuttig zijn in de handen van mannen om bergen te verzetten, tunnels te boren, kanalen te openen ... Wat weet ik ...

Zijn stem was weggevallen onder Helmuths harde blik.

'Dat komt later, kolonel. Maar nu, het eerste is...

Hij drukte het puntje van zijn sigaret tegen het koffieschoteltje.

"... Verpletter Engeland.

"Maar ook naar Rusland ...

'Ook naar Rusland, meneer de kolonel.

Zoals hij op al zijn reizen deed, ging hij dit keer naar het Rode Kruisgebouw. Dit keer was het geen aantrekkelijk meisje dat hem ontving, maar een donkere secretaresse, overweldigd door werk.

'Kolonel Gustavsson? Bij God, dat weet je natuurlijk niet. De kolonel is overleden,' zei hij met een zuidelijk accent.

Helmuths hart begon tegen zijn ribben te bonzen.

'Hij stierf? Vroeg hij een beetje dwaas.

"Ja, ja, hij is overleden. Hij reisde in een Amerikaans vliegtuig dat begin dit jaar door Duitse vliegtuigen werd neergeschoten.

'Het spijt me. Wil je niet... iets voor mij achterlaten? Majoor Helmuth Frick. De kolonel was geïnteresseerd in een bepaalde kwestie van mij.

'Ik kan het zien. Frick?

Hij bekeek een dossier en haalde er een stuk papier uit.

"Ja, gelukkig zit er iets voor jou tussen. Ze zien eruit als notities uit je eigen hand. Ik hoopte er vast op in te gaan in een gesprek met jou. Ja, hier is je hele bestand.

De memo was erg kort, met de hand geschreven en haastig.

'Laat majoor Frick weten dat het goed gaat met zijn dochter. Onmogelijk om haar uit Engeland te krijgen nu de Verenigde Staten in oorlog zijn. Misschien Canada... Ik kan het proberen als ik de W. weer zie. Het spijt me voor de commandant. Hij is een goede man. Zeg haar dat ze nog steeds een mooi meisje is. "

Dat was alles.

Dus Hermine was nog steeds in Engeland, blootgesteld aan de bombardementen. Blootgesteld aan honger, ziekte... Helmuth klampte zich vast aan de rand van de tafel en probeerde te voorkomen dat haar gezicht enige emotie toonde.

"Dank u.

De secretaresse had het Frick-dossier bekeken.

"Natuurlijk heb ik niet de bewegingsvrijheid van kolonel Gustavsson, maar als ik iets voor u kan doen, commandant...

"Probeer gewoon het contact met de ..." W " niet te verliezen ", staat hier. Zou je trouwens niet zijn volledige naam kunnen weten? Ik weet nog steeds niet wie de mensen zijn die mijn dochter hebben.

De secretaresse aarzelde een beetje.

'Ik zie niet in waarom ik het u niet zou vertellen, commandant. Kolonel Gustavsson was zeer scrupuleus, maar er is echt geen reden om het te verbergen. Gaat over...

Hij bekeek een van de documenten.

"Het John Wilberton-huwelijk en mevrouw. Achtendertig en drieëndertig jaar zonder kinderen. Ze wonen in Southampton. Hij is scheepsbouwtechnicus. Hij werkt op scheepswerven en woont heel dicht bij hen.

"Dank u.

'Ik zal gebruik maken van de eerste reis naar Engeland om te proberen uw dochter te zien, commandant,' zei de Portugees, terwijl hij zijn hand uitstak. Wil je iets voor haar?

"Voor haar? Het zal niet eens weten dat ik besta. Ik geloof niet, tenzij ze het je hebben verteld. Dat zou complicaties voor hen kunnen veroorzaken met hun vrienden en die Wilbertons. Maar als ik een foto zou kunnen krijgen... Zelfs als het was slecht ... een momentopname ...

De Portugees maakte snel een aantekening op een blocnote. Toen glimlachte hij.

'Als het van mij afhangt, ontvangt u de foto, commandant.

'Dank je. Als ik terug zou kunnen naar Berlijn, naar wie moet ik dan vragen?

Door Virgilio Galves. Dat is mijn naam.

Hij verliet het Rode Kruis. Er waaide een indrukwekkende wind door de straten van de stad, die de rokken van de vrouwen en de staarten van de capes van de soldaten optilde. Hij glipte een theater binnen, waar hij het gebruikelijke burleske nummer zag over het idiote en gereguleerde leven van de Verenigde Staten, de grappen over de Engelsen en veel bijna naakte vrouwen op het podium. Verontwaardigd vertrok hij.

Eindelijk, op de 10e, keerde maarschalk Halder terug. Hij ontving Stiller en Helmuth op de 11e.

"Ze snappen het? Vroeg hij nadat hij stevig in hun handen had geknepen.

'Ja, meneer maarschalk Stafchef, zei Stiller beverig. Het is gebeurd. De tests waren bevredigend, zoals de maarschalk kan verifiëren aan de hand van de rapporten die bij het verzoek om een hoorzitting zijn gevoegd.

De maarschalk, die zijn sabel nog niet had verwijderd, pakte het handjevol documenten en las ze snel door. Hij sloeg zijn heldere ogen naar hen op.

"Kortom: een succes.

'Zo kunnen we het beschouwen, meneer de stafchef van de maarschalk.

Halder wendde zich vragend tot Helmuth. Hij wist welke van de twee echt de belangrijkste was.

'Dat klopt, meneer maarschalk. Eenmalig bewezen succes. Maar succes.

"Prachtig.

Hij liep om de tafel heen en legde een hand op Helmuths schouder.

'Hebben ze het openbaar gemaakt? Ik bedoel, wie weet, behalve jij?

"Het productieproces is bekend bij ongeveer al onze medewerkers, meneer Marshal. Het precisiesysteem, de ontsteker en de afstelling, alleen kolonel Stiller en ik.

'Alleen jullie twee?

'Alleen, meneer maarschalk. We houden het liever zo geheim mogelijk om lekkage te voorkomen, onwaarschijnlijk, maar mogelijk.

"Heel goed gedaan. Kun je over twee dagen getuige zijn van een test?

"Ja, maarschalk.

"Maak het klaar. Met die test is er genoeg.

De test was een groot succes. Toen hij klaar was, ontving maarschalk Halder Frick en Stiller en overhandigde hen persoonlijk de epauletten die ze vanaf dat moment zouden dragen. Die van Helmuth had een gouden spijker en die van Stiller had een gouden vlecht.

'Generaal Stiller, u zet het werk voort op die experimentele basis. Oberstleutnant Frick zal hier zijn werk verlaten. We hebben het ergens anders nodig.

Het kostte Helmuth veel moeite om niet te glimlachen. Zijn tijd was gekomen.

Bij het luchtcommando in Bremen, Busestrasse 15, wachtte een luchtgeneraal met een volledig kaal hoofd en een robuuste stierenhals op Helmuth Frick.

"Frick? "Vraag ik." Ik verwachtte het vanmorgen.

'Ik moest eerst naar de experimenteerbasis, mijn generaal. Op bevel van de Generale Staf moest ik persoonlijk zorgdragen voor de verpakking van de stukken die hierheen moesten worden gestuurd.

'Nou, het punt is dat je hier al bent, gelukkig. We hebben geen tijd te verliezen, als we willen dat alles voorbereid is op de dag die mij is aangegeven.

'Mag ik weten welke dag het zal zijn, mijn generaal?

'Nee, hij mag het niet weten, Frick. Alleen ik weet het. Elke roekeloosheid kan alles verpesten. U hoort het vierentwintig uur voor de geplande tijd.

'Ik begrijp het, mijn generaal.

'Laten we nu eens naar die stukken kijken.

Hij belde aan en een luchtvaartkolonel kwam het kantoor binnen.

"Kolonel Ihlefeld, luitenant-kolonel Frick", zei de generaal. Kolonel Ihlefeld is de directeur van de precisiewerkplaats. Je rapporteert rechtstreeks aan hem, Frick.

Helmuth salueerde en schudde Ihlefelds hand. Dit was een heel jonge man, een paar jaar ouder dan hij, zo mogelijk, met een jongensachtig gezicht en bruin haar.

'Heb je de ontstekers meegebracht, Frick?

„Ja, kolonel.

"Laat ze ze meenemen naar de werkplaats. Ik wil ze eens bekijken.

In de ruime hal, waar vijftig precisiedraaibanken aan het werk waren, werden de ontstekers uitgepakt. Het waren er twee, ongeveer twintig centimeter lang en ongevaarlijk.

'Bent u van plan ze te ontmantelen, kolonel? vroeg Frick.

De kolonel keek hem scherp aan.

'Ik heb veel over je gehoord, Frick, en inderdaad heel goed. Als je me verzekert dat je pasvorm perfect is, heb ik niet meer nodig.

'Dat bevestig ik, kolonel, maar ik zou me veel meer op mijn gemak voelen als u het persoonlijk verifieert.

'Je wilt geen verantwoordelijkheden, hè? Nou, ik zal je vertrouwelijk vertellen dat ik denk dat er geen tijd voor is. De generaal moet orders hebben gekregen om deze roddels zo snel mogelijk te lanceren over een doel dat deze keer geen doel zal zijn om te oefenen.

"Binnenkort beschikbaar?

"Dat klopt, Freek.

"Maar dan... zullen we niet meer bouwen voor de lancering?

"Ik denk niet dat er tijd is. Maar jij moet ze blijven bouwen, Frick. Zie je al deze machines? Zodra we de lanceringen hebben gedaan, zullen jij en ik deze workshop stormenderhand veroveren en ze op volle toeren gaan bouwen.

"Ik vind een" maar ", meneer Kolonel ... '

Noem me Klaas. Als we willen samenwerken, is het beter dat we dat doen.

Nou, ik vind een 'maar'. Er kan mij iets overkomen... en in dat geval...

"Bedoel je dat niemand anders dan jij in staat is om deze apparaten in elkaar te zetten?

Helmuth glimlachte niet.

'Dat klopt, Klaas. Kolonel Stiller deed het explosief, wat we de Stillerite noemen, en ik was de ontstekers aan het aanpassen.

"Een beetje een rare manier van werken.

'We hadden niet al te veel specialisten, Klaus. Als mij iets zou overkomen...

"Ik hoop dat het niet gebeurt. Hoe dan ook, we zouden altijd het explosief hebben.

"Ja, maar de X-34-component is enigszins onhandelbaar. Het is niet gemakkelijk te temmen.

"Nou, we beginnen zo snel mogelijk.

De volgende ochtend arriveerden de bommen, verdeeld in secties. Volgens de plannen die Helmuth had en zijn instructies, begon de vergadering zo snel mogelijk.

Twee dagen later was het klaar. Op een steun van eikenhout lagen de twee artefacten, verstoken van hun ontstekers, heel ongevaarlijk, zo leek het.

De generaal arriveerde op de middag van de tweede dag, vergezeld van zijn assistent.

"Alles klaar?" Vraag ik.

"Ja, meneer," antwoordde Helmuth. De afstelling van de ontstekers moet gebeuren tijdens de vlucht en zeer dicht bij het doel, om te voorkomen dat een ongeluk zou kunnen leiden tot ontploffing. Het is het enige mankement aan dit wapen en het is door tijdgebrek niet gelukt om het op te lossen.

'Vertel je het me, Frick? "Gromde de generaal." Ik heb zojuist de bestelling ontvangen.

De drie mannen keken elkaar in de ogen.

'Wanneer? vroeg Ihlefeld.

'Morgenmiddag. De inval zal nachtelijk zijn.

'Maar...' Frick fronste zijn wenkbrauwen.

Wat wilde ik zeggen, Frick? Iets mis?

"In zo'n korte tijd kan ik een van de bemanningsleden niet echt trainen om de ontstekers af te stellen. Het is onmogelijk. Materieel onmogelijk, mijn generaal.

"Wie heeft je verteld dat je iemand moet opleiden?

"Hoe?

"Ja, wie heeft je verteld dat je iemand moet opleiden?

"Maar...

'Je doet het zelf, Frick. Niemand anders.

"Het is de logische oplossing", verklaarde Klaus Ihlefeld.

'Maar... ik ben geen vliegenier. Ik heb in mijn leven niet gevlogen.

"Dat is niet het minst belangrijk", verwierp de generaal een beetje droog. "Niemand vraagt je om het toestel te bemannen, maar om met de bemanning mee te gaan om de ontstekers tijdens de vlucht af te stellen, op het tijdstip dat je wordt opgedragen, of dat je zelf aangeeft. Dat is alles.

"Maar...

'Geen maar, Frick. Je moet het doen. Dat is een bevel. Aan de andere kant moet je niet bang zijn voor de lucht. Vliegen is een van de gemakkelijkste dingen die er zijn. Ook in oorlogstijd. Geloof me

Helmuth kon geen bezwaar meer maken. Hij boog zijn hoofd.

'De twee bommen, mijn generaal?

"Beide.

Ihlefeld legde een hand op Helmuths schouder.

'Zie je wel, je moet terug. We hebben het hier nodig om meer van die apparaten te blijven bouwen. Als het aan mij lag, zou ik je op de grond laten liggen, maar dat kan blijkbaar niet. Daarmee moet het terugkomen. Duitsland heeft meer ontstekers nodig die volgens zijn systeem zijn gebouwd.

"Ja, blijkbaar.

Hij keek op, totdat hij die van de generaal ontmoette.

"Waar zullen we heen gaan? Ik bedoel, wat zal ons doel zijn?

"Ik weet het niet. Het zal pas twee uur voordat de vlucht wordt genomen bekend zijn. Commandant Link zal het vliegtuig besturen, met luitenant Mannheim als copiloot. Er zullen ook twee sergeanten zijn, van wie u er één zelf kiest, Frick , om je te helpen de ontstekers te plaatsen, dat zal de hele bemanning zijn.

"Perfect. Ik kies voor Mechanisch Sergeant Klein. Hij komt op mij over als een competente man.

"Nou, ze kunnen beginnen met het doen van de tests.

De generaal trok zich terug. Ihlefeld staarde afwezig naar de twee bommen die op hun rekken stonden.

'Waar denk je dat je ze moet laten vallen? "Ik vraag.

Helmut haalde zijn schouders op.

"Dat is makkelijk te weten. Een vliegtuig dat slechts door vier man wordt bemand, mag geen groot vliegbereik hebben. Het kan daarom niet in Rusland zijn, in Moskou, zoals men wel zou kunnen geloven.

"Inderdaad.

Helmuths ogen straalden.

'Engeland dus,' zei hij.

"Hoogstwaarschijnlijk. Kreeg straffe Engeland! Is dat niet zo, Frick?

"Ja!

Er klonk zo'n woestheid in zijn toon dat Ihlefeld zich verbaasd afwendde.

'Heb je een hekel aan Engelsen?

'Als geen ander in deze wereld, Klaus.

"Ken je ze?

"Ja.

Meer voegde hij er niet aan toe.

Het was onmogelijk om naar Berlijn te gaan om te horen of er nieuws was over de kleine Hermine, maar hij kreeg toestemming om een lezing te geven aan het Rode Kruis. Dhr. Virgilio Galves was persoonlijk aanwezig.

'Niets nieuws, commandant,' zei hij. Het spijt me, maar de reis die ik naar Engeland moest maken, moest buiten mijn schuld worden uitgesteld. Hoe dan ook, ik denk dat ik het binnenkort wel zal kunnen. Ik ben je zaak niet vergeten.

"Heel erg bedankt," antwoordde Helmut ontmoedigd. "Ik zal het enorm waarderen.

'Tot uw beschikking, commandant.

Helmuth sliep die nacht weinig. Er waren veel dingen die hij moest doen, en toen hij eindelijk om vier uur in bed kon liggen, bleef hij het project in zijn hoofd draaien.

Sergeant Klein, een levendige en vindingrijke man, had Helmuths uitleg over hoe hij haar moest helpen grotendeels begrepen. De laatste aanpassing moet echter door hemzelf worden gedaan, zodra hij heel dicht bij het doelwit is.

De Engelse luchtvaart was tijdens de luchtstrijd boven Londen verschrikkelijk effectief gebleken. Voor elk apparaat dat ze verloren, waren bijna drie Duitsers neergeschoten, volgens rapporten die in Duitsland niet openbaar zijn gemaakt, maar wel bekend zijn bij Helmuth.

Maar het was niet het gevaar dat ze zouden lopen als ze eenmaal over Engels grondgebied vlogen dat hem zorgen baarde. Het was dat er op het laatste moment iets mis ging, die onvoorspelbare factor die aan de best geprofileerde projecten ontsnapt.

Hij liep in gedachten steeds weer over de mogelijke gebreken. Die waren er niet, althans voor zover hij kon.

Hij deed slapeloos het licht aan en stak een sigaret op. Zijn handen waren vast, aan die kant was er niets te vrezen. Elk van die bommen kan een halve sloppenwijk in Londen vernietigen. Bijvoorbeeld van Paddington tot Marble Arch en Hyde Park, van Edgware Road tot Regent's Park. De twee samen...

Ze zouden het eindelijk in hun vlees voelen. De eerdere bombardementen "Helmuth had luchtfoto's gezien met de schade veroorzaakt door de Duitse granaten" zouden niets, helemaal niets zijn, vergeleken met wat er zou komen.

Hij verbeeldde het zich. Het was zo gemakkelijk, na de effecten van "hun bommen" op de testplatforms te hebben gezien ... Als dat was bereikt met slechts tien kilo Stillerita, wat kon er dan niet met honderd kilo? En met vijfhonderd?

Hij doofde zijn sigaret. Hij sloot zijn ogen. Een uur later was hij er nog steeds niet in geslaagd om in slaap te vallen.

De volgende ochtend riep de generaal hem. Toen hij het kantoor van zijn baas binnenkwam, zag hij dat zijn gezicht stormachtig was. Zijn robuuste nek leek rood.

"Frick, slecht nieuws.

Helmuth werd bleek.

'Wat is er, meneer de generaal?'

'Tragisch. De experimentele basis waar u met generaal Stiller werkte, is vanavond bezocht door Engelse vliegtuigen.

"Het is onmogelijk!

'Ja, Frick, praat geen onzin. De faciliteiten zijn ernstig beschadigd.

Maar generaal Stiller...

"Dood, Freek.

Helmuth leunde tegen de tafel. Zijn benen weigerden hem te ondersteunen.

'Begrepen? Ik heb met de Generale Staf in Berlijn gesproken. Ze weigeren de expeditie van vanavond uit te stellen.

"Maar in dat geval... alleen ik blijf van degenen die het productieproces kennen. Dit is onmogelijk!

"Dat is het niet, ik herhaal het.

Helmuth richtte zich op.

'Ik kan niet op die expeditie gaan, mijnheer de generaal. Je moet het begrijpen.

De generaal friemelde met een potlood.

'Ik begrijp dat het niet de angst is die je zo laat praten, Frick, maar een gevoel van verantwoordelijkheid. Maar vertel me nu: denkt u dat de mechanische sergeant die u hebt gekozen absoluut in staat is, let op, ik zeg honderd procent in staat, om de ontsteker halverwege de vlucht af te stellen?

Helmut zweeg.

'Zie je het? Twijfel! Nee, Frick, jij moet het zijn. Jij en niemand anders. En het moet terugkomen. Duitsland heeft het nodig.

„Ja, mijnheer de generaal.

'Dus laten we aan het werk gaan. De starttijd is half vier 's ochtends. De piloot zal het doel kennen aan de hand van een gesloten vel dat hem bij het opstijgen wordt overhandigd.

Hij stond op. Hij was kleiner dan Helmuth. Hij legde een hand op haar schouder.

'Kom terug, Frick. Dat is een bevel.

"Ja meneer.

En Helmuth verliet langzaam het kantoor.

Hij voelde zich niet op zijn gemak in het vliegpak, ook al had hij door twee jaar dragen van een uniform hem vertrouwd gemaakt met zware laarzen, helmen en zware pakken.

Ze plaatsten een parachute op zijn borst en een andere op zijn rug en leerden hem eerst van achteren te trekken en als hij niet openging, van voren.

Vervolgens deden ze een reddingsvest van rubber en kurk aan, met een klep om het op te blazen voor het geval het in zee zou vallen.

De generaal en Ihlefeld zaten naast hem. De eerste zei:

"In het zeer onwaarschijnlijke geval dat je zou vallen en in Engels terrein, als je apparaat zou worden gesloopt, hier is dit voor jou.

Dit was een pakje sigaretten, geopend. De generaal wees zonder aarzelen naar twee van hen.

"Deze twee, rood gemarkeerd, hebben cyanide om onmiddellijk te doden. Laat je niet levend vangen.

'Oké,' antwoordde Helmuth, het vliegpak bedankend dat de anderen de huivering niet konden zien die door hem heen ging. "Dat zal ik doen.

"We kunnen niet het risico lopen om aan het woord te worden geroepen als ze de bommen vermoeden. Als je ze gooit en ze schieten daarna je vliegtuig neer, kun je achterdochtig zijn. Dat kan niet, Frick.

'Ik heb het begrepen, mijn generaal.

Naast hem zaten de pilootcommandant en zijn assistent. Het waren twee jonge jongens, groots van postuur en open gelaatstrekken. Ze glimlachten allebei. De twee sergeanten wachtten wat verderop, respectvol.

De generaal haalde een envelop uit zijn jaszak en gaf die aan commandant Link.

"Je opent hem precies een half uur na het opstijgen. Begrepen?

"Ja, mijn generaal.

'U geeft de instructies onmiddellijk door aan luitenant-kolonel Frick. Luitenant Mannheim zal de navigator zijn, als alles goed gaat. Hij zal de bommen laten vallen.

"Ja, mijn generaal.

"Heeft u nog vragen?

'Zullen we terugkeren zodra we de bommen hebben gedropt, mijn generaal?

"Ja, Link. Je draait je op dat moment om. En één ding, commandant: het leven van luitenant-kolonel Frick is van onschatbare waarde. Ik moet terug naar Duitsland. Begrijp je me? deze reis, kan het niet de luitenant-kolonel zijn.

De twee piloten keken respectvol naar Frick.

"We hebben het begrepen", zei Link. We zullen het onmogelijke doen zodat de luitenant-kolonel terugkeert naar het thuisland.

'Heeft u nog vragen, Freek?

"Nee, mijn generaal.

'Nou, ga je gang. Succes.

Hij schudde iedereen de hand en Ihlefeld deed hetzelfde. Het vliegtuig stond midden op de landingsbaan en de motoren loeiden. Achter hem stonden met regelmatige tussenpozen vijf jagers"Focke-Wulf", de snelste apparaten uit fabrieken. Zij zouden hem begeleiden en indien nodig de strijd aangaan met de Engelse jagers. Helmuth wist dat er ergens in Engeland een afleidingsaanval was georganiseerd, anders dan waar ze heen gingen, om de Engelsen af te leiden en hen in staat te stellen hun missie uit te voeren.

Het uur was gekomen. Hij stapte in het vliegtuig, geholpen door een van de sergeanten. De plaats waar hij zou reizen was de ruimte achter de piloten en de plaats waar de bommen gingen.

Deze werden op een verplaatsbaar platform boven een luik geplaatst. Het platform diende om mee te kunnen manoeuvreren bij het afstellen van de ontstekers. Het luik, om ze te laten vallen.

De twee piloten stapten in en namen hun posities in. De dashboards lichtten op en de controles begonnen. Een voor een beantwoordden ze de vragen die ze vanuit de verkeerstoren werden gesteld.

Eindelijk was alles klaar. De propellers draaiden snel en Helmuth voelde de grond iets onder zijn voeten bewegen.

Even later waren ze in de lucht.

Naast hem was een dik glazen raam. Hij keek, maar kon niets zien. Door de Engelse bombardementen, die frequent begonnen te worden, werd de stad verduisterd.

'Hoe lang duurt het voordat we Duitse bodem verlaten? Hij vroeg commandant Link. Hij schudde zijn hoofd en wees naar de radio. Helmuth nam het aan en herhaalde de vraag.

"Een half uur" was het antwoord.

'En om naar Engeland te gaan?'

"Drie en een half uur. We vliegen heel snel, meneer, luitenant-kolonel.

Dus precies op het moment dat ze de zee bereikten, zou het zijn wanneer ze het instructieblad openden.

Hij leunde achterover in zijn stoel. Een half uur was erg kort. Wat als ik probeerde te slapen?

Maar dat kon hij niet. Het moment waarop ze de bommen zouden laten vallen, bleef zich herhalen. Hij kon toch zeker hun gloed zien toen ze explodeerden, hoe hoog ze ook vlogen. Ja, hij moest het zien.

Hij keek op zijn horloge. Er waren nog geen vijf minuten verstreken. Hoe, als het hem toescheen dat het al veel langer geleden was? Maar toen hij werd geconfronteerd met de klokken op de dashboards van de piloot, zag hij dat hij zich niet had vergist. Slechts vijf minuten.

Hij sloot zijn ogen. Een enorme explosie. En geschreeuw, hoog geschreeuw, gejammer, vloeken. Ja, zoals ik hoorde op dat Poolse platteland toen duizenden cavaleristen levend werden verbrand.

Tien minuten. Maar wanneer zou het moment komen?

Een hele buurt van Londen. Daar, achter hem, bevatten die twee stalen monsters genoeg Stillerite om een hele buurt op te blazen. Hij kon zich voorstellen dat heel Soho tot as was verbrand, laaiend als een fakkel. Of Greenwich, waar het observatorium was. Dat zou een mooi doelwit zijn.

Hij stond op en liep naar de plek waar de ontstekers waren, gewikkeld in een dikke laag schuimrubber.

Sergeant Klein benaderde hem respectvol.

'Al, meneer luitenant-kolonel?

'Niet. Nog niet,' antwoordde hij droog.

Hij ging weer zitten, zodat de ander zijn nervositeit niet opmerkte. Hij wilde roken, maar hij wilde niet. Er was geen gevaar, maar discipline moest in acht worden genomen.

Twintig minuten.

Hij gluurde over de schouder van de pilootcommandant. Hij draaide zich om en glimlachte naar haar.

"Hoe hoog vliegen we? vroeg hij via de binnenradio.

'Vierduizend meter, meneer luitenant-kolonel.

"Moeten we nog meer opvoeden?

'Nee, ik denk het niet, luitenant-kolonel. Het is de vaste hoogte en, behalve complicaties "hij glimlachte", zullen we het niet doen.

Vijfentwintig minuten... God, wat ging de tijd langzaam!

De piloot wierp een blik op de klok op het dashboard. Dan de copiloot. Hij knikte en nam de besturing over. De piloot haalde tergend traag het verzegelde laken uit de zak van zijn pilotenjack en keek er even naar voordat hij het opende. Helmuth weerhield zich ervan om tegen hem te schreeuwen dat hij moest opschieten.

Eindelijk was het open. Hij las het en wendde zich tot Helmuth.

'Southampton, sir luitenant-kolonel. De scheepswerven van Southampton.

Helmuth kwam pijnlijk tot zichzelf op de vragen van de piloot. Hij vroeg hem of hij duizelig was geweest en of hij in orde was.

"Goed... ik voel me erg goed", antwoordde hij.

Het was als een roes geweest, alsof iemand hem op zijn hoofd had geslagen. Pas nu herstelde hij pijnlijk van de klap.

'Maar... dat kan niet', zei hij.

'Het is heel duidelijk geschreven, meneer de luitenant-kolonel. De scheepswerven van Southampton. Of zo dicht mogelijk natuurlijk. Dat betekent dat de Engelsen ons natuurlijk zullen proberen te onderscheppen en dat we misschien moeten vechten. Dan...

Maar Helmuth kon hem niet horen. Links stem klonk voor hem als het slaan van drums, maar die drums zaten in zijn hoofd.

Nee, nee, dat kon niet. Hermine was daar, in Southampton, in de stad die hij moest vernietigen. Nee, dat kon niet. Het lot speelt deze spelletjes op een man. De mens kon zich niet verdedigen tegen een lot dat zulke dingen deed.

"Meneer luitenant-kolonel...

Link en de copiloot keken hem vreemd aan. De twee sergeanten waren ook naderbij gekomen.

'Voel je je goed, luitenant-kolonel? Heeft hij iets nodig?

En het feit is dat ze al in de zee waren, ze moeten al over de golven hebben gevlogen. En Southampton zou er zijn, drie uur op tijd. Het is niet veel drie uur voor de man die de missie heeft om te moorden, om zijn eigen dochter aan stukken te scheuren.

De pilootcommandant was opgestaan en hurkte naar hem toe.

Ik moest me verstoppen, nee, ik had geen andere keuze dan me te verstoppen.

'Het gaat goed, Link', zei hij. Ga alsjeblieft terug naar je post.

'Maar als ik iets voor u kan doen, luitenant-kolonel...

"Iedereen, ga terug naar je berichten. Het is al voorbij. Het was een kortstondige duizeligheid.

Link gehoorzaamde, zijn gezicht verontrust.

Hij kon natuurlijk het bevel geven om terug te keren. Maar wat zou de generaal zeggen? Een meisje kan de Duitse overwinning niet in de weg staan. Niet één, maar een miljoen zou desnoods worden opgeofferd om de overwinning voor tachtig miljoen Duitsers te behalen.

Maar Hermine was niet de dochter van de generaal. Het was van hem, van hem!

Hij voelde de roes weer. Hij had gezien wat er met staal en beton gebeurde toen de Stillerite explodeerde. Wat zou er gebeuren met dat delicate vlees ...?

Ik kon er niet aan denken! Terugsturen? Onmogelijk. Er was nog maar één oplossing, slechts één. Hij kon die bommen niet laten vallen. Ik zou, ja, ze kunnen laten vallen, zonder de ontstekers perfect af te stellen. Hij wist de manier om het te doen. Ze zouden niet ontploffen, maar dan zouden de Engelsen het geheim te weten kunnen komen, en dat was niet wat ze wilden.

Nee, de bommen moesten in zee vallen. Zee. Op de bodem van de Atlantische Oceaan zou het geheim sterven. En dan kon hij terug gaan naar het maken van andere...

Maar nee, ik kon niet terug. Dat was onmogelijk. Ze zouden hem beoordelen als een verrader (verrader hem!) Nee, hij kon niet terug.

Toen was hij weer de heldere man, het ordelijke, methodische brein. Hij stond voor een probleem en Helmuth Frick, voor een probleem, werd een denkmachine.

Hij pakte de hendel die het luik elektrisch opende waarin de bommen lagen.

'Pas op, meneer luitenant-kolonel! zei sergeant Klein ongemakkelijk. Dat is de opdracht van...

Zijn mond werd wijder, als een verbaasde vis.

Helmuth Frick had de greep verlaagd.

Het vliegtuig sprong, bevrijd van duizend kilo stappen, en Link vocht enkele ogenblikken om de controle over de besturing weer over te nemen. Hij was volkomen verrast.

"Maar wat is er gebeurd...!

Het luik was automatisch weer gesloten. Helmuth liep naar de uitgangsdeur en haalde het pistool uit de holster.

'Ik heb die bommen in zee laten vallen', zei hij kalm, iedereen aankijkend. Ik wilde niet dat ze zouden ontploffen boven Southampton.

Link gaf de besturing door aan zijn copiloot en stond op. Een niet te beschrijven verbijstering werd weerspiegeld in zijn gelaatstrekken.

'Maar... meneer luitenant-kolonel...

"Dat is wat ik heb gedaan. Link, ga terug naar Duitsland. En vertel ze... Luitenant, leg de radio neer of ik schiet je neer!

Mannheim, de copiloot, liet de radioschakelaar los alsof het hem verbrandde.

Zeg ze dat mijn dochter in Southampton is. Als je bewijs wilt, vraag het dan aan Virgilio Galves bij het Rode Kruis in Berlijn. Dan zullen ze weten dat ik de waarheid spreek.

'Maar je beseft niet wat je hebt gedaan! Ze zullen voor ons allemaal een militaire raad vormen! Ze zullen ons neerschieten!

"Nee, als ze doen wat ik zeg. Niet van Nog een stap, Link, of ik word gedwongen je neer te schieten, en dat wil ik niet! Blijf waar je bent.

Een van de sergeanten legde zijn hand op zijn heup. Helmuth richtte het pistool op hem terwijl hij achter hem voelde om de hendel te vinden die het luik opende.

'Nog één beweging en ik vermoord hem.

Toen vond hij de slinger, draaide eraan en sprong de leegte in.

Het was een moment van oneindige angst, totdat hij het pistool liet vallen en verwoed aan de parachuteband trok. Een sleepboot die haar schouders bijna brak en ze merkte dat ze in ijskoude duisternis zweefde.

Hij opende ook de tweede parachute om de val te vertragen en blies de reddingsboei op.

Hij wist niet hoe lang het langzaam bleef vallen. Het gebrul van vliegtuigmotoren verdween in de verte.

En tenslotte het water, het water nog kouder dan de lucht. De badmeester hield hem goed overeind.

"Je laatste uur", dacht hij. Je komt hier niet levend uit.

De mijnenveger HMS Leslie vond hem twee dagen later, in een staat van bijna volledige uitputting, maar nog in leven. De kapitein van de Leslie schonk hem de eerste zorg, waarvan er één hem probeerde te ontdooien. Toen hij kon praten, vroeg hij wie hij was, en Helmuth vertelde het hem.

'Luitenant-kolonel Helmuth Frick van het Duitse leger,' antwoordde hij. "Het vliegtuig waarin we zaten, werd boven de zee vernietigd.

'Ik wist het niet,' antwoordde de commandant van Leslie, een soort piraat met een rode baard. " Hoe dan ook, er zijn verschillende van uw vliegtuigen die we hebben neergeschoten. Nou, u zult dat allemaal uitleggen aan mijn superieuren.

'Mag ik vragen naar welke haven u me brengt, kapitein? vroeg Helmuth kalm.

Southampton. Wat geeft de ene haven een gevangene meer dan de andere?

Geloof het of niet, kapitein, het kan me wel schelen. In Southampton heb ik een dochter.

Hij draaide zich om naar de muur en viel meteen in slaap.

# EINDE